ポケットに名言を

寺山修司

角川文庫
13647

目次

1

言葉を友人に持とう

私にとって名言とは何であったか

言葉を友人に持ちたいと思うことがある。

それは、旅路の途中でじぶんがたった一人だと言うことに気がついたときにである。

たしかに言葉の肩をたたくことはできないし、言葉と握手することもできない。だが、言葉にも言いようのない、旧友のなつかしさがあるものである。

少年時代、私はボクサーになりたいと思っていた。しかし、ジャック・ロンドンの小説を読み、減量の死の苦しみと「食うべきか、勝つべきか」の二者択一《にしゃたくいつ》を迫られたとき、食うべきだ、と思った。Hungry Youngmen（腹のへった若者たち）は Angry Youngmen（怒れる若者たち）にはなれないと知ったのである。

そのかわり私は、詩人になった。そして、言葉で人を殴り倒すことを考えるべきだと思った。詩人にとって、言葉は凶器になることも出来るからである。私は言葉をジャックナイフのようにひらめかせて、人の胸の中をぐさりと一突きするくらいは朝めし前でなければならないな、と思った。

だが、同時に言葉は薬でなければならない。さまざまの心の傷手を癒《いや》すための薬に。エーリッヒ・ケストナーの「人生処方詩集」ぐらいの効果はもとより、どんな深い裏切りにあったあとでも、その一言によってなぐさむような言葉。

時には、言葉は思い出にすぎない。だが、ときには言葉は世界全部の重さと釣合うこともあるだろう。そして、そんな言葉こそが「名言」ということになるのである。

学生だった私にとっての、最初の「名言」は、井伏鱒二の

花に嵐のたとえもあるさ
さよならだけが人生だ

という詩であった。

私はこの詩を口ずさむことで、私自身のクライシス・モメントを何度のりこえたか知れやしなかった。「さよならだけが人生だ」という言葉は、言わば私の処世訓《しよせいくん》である。私の思想は、今やさよなら主義とでも言ったもので、それはさまざまの因襲《いんしゆう》との葛藤《かつとう》、人を画一化してしまう権力悪と正面切って闘う時に、現状維持を唱えるいくつかの理念に（習慣とその信仰に）さよならを言うことによってのみ、成り立っているようなところさえ、ある。

「去りゆく一切は、比喩《ひゆ》にすぎない」とオスワルト・シュペングラーは歴史主義への批判をぶちまけている。たしかに、過ぎ去ってしまった時は比喩、それを支《ささ》えている言葉もまた実存ではないと言うことができるだろう。

だが、言葉の実存こそ名言の条件なのである。「名言」は、言葉の年齢とは関係ない。それは決して、年老いた言葉を大切にせよということではなく、むしろその逆である。老いた言葉は、言葉の祝祭から遠ざかってゆくが、不逞《ふてい》の新しい言葉には、英雄さながらのような、現実を変革する可能性がはらまれている。

私は、そこに賭《か》けるために詩人になったのである。言葉はいつまでも、一つの母国である。魂の連帯を信じないものたちにとっても、言葉によるつながりだけは、どうかして信じられないものだろうか？

本当はいま必要なのは、名言などではない。むしろ、平凡な一行、一言である。だが、私は古いノートをひっぱり出して、私の「名言」を掘り出し、ここに公表することにした。まさに、ブレヒトの「英雄論」をなぞれば

「名言のない時代は不幸だが、名言を必要とする時代は、もっと不幸だ」からである。

そして、今こそ
そんな時代なのである。

2

暗闇の宝さがし

映画館の中での名セリフ

名台詞《めいせりふ》は、どこにでも転がっている。

それは、たとえば長屋のおかみさんの身の上話や、競馬場の雑踏《ざっとう》の中の人生相談。そしてまた、映画館の中の暗闇。「ほんとうは、名台詞などというものは生み出すものではなくて、探し出すものなのである」

少年時代、私は映画館の屋根裏で生活していた。その頃の私の話相手はスクリーンの中の登場人物しかいなかった。孤独だった私は、映画の中の話相手の言葉から人生を学んだ。それからというもの、映画を観るたのしみは、いわば「言葉の宝さがし」に変ったのである。

ここに挙げた映画は比較的新しい映画だが、なかの「名セリフ」を探すたのしみは、私の中で少年時代に育《つ》ちかわれたものにほかならないのである。

「君は、小さいときサンタクロースを信じ、大人になっては神を信じるんだ」

「そして君は、いつも想像力の不足になやむんだ」

（野いちご）


ヒッチハイクの若い男二人が、こんな議論をしている。

それをかたわらで見ているエーベルハルト・イサク・ボルイは七十八歳の名誉博士である。彼はひどくくたびれており、孤独でもある。ときどき悪夢にうなされるが、それは霊《れい》柩車《きゅうしゃ》の棺《かん》の中から、自分の死体が首をもたげるという夢だ。

一体、「想像力」とは何なのか？

ベルイマンの観念の中では、想像力は神を追払う「厄払《やくばら》い」のようなものであって、それの不足しているところにのみ、神のすみかを見出すということとなのだろうか？　いやいや、とイサク・ボルイはうららかな野いちご畑を見ながら考える。神による救済者などはのぞむべくもないのだ。どうせ神なんかいないのに決まっていて、彼自身の一茎《ひとくき》の野いちごのように朽ち果ててしまうに決まっているのだから。だが——救済の手はどこからもさしのべられなくとも、想像力の中で何か取戻しのきくものくらいはあるかも知れない。

回収可能な世界というのは、すぎ去ってきた思い出のなかにかすかな燐光《りんこう》を放っているようにも思われる。
老イサクは、ふと詩を口ずさむ。
わがもとめる友よいずこ
夜はあけて、心さびしく
時はすぎ、時はすぎ
日は過ぎゆけど
友はいずこ、たずねあたらず
肉体の衰えという不可避《ふかひ》の孤独をあつかいながら、ベルイマンが映画のなかで奏《かな》でつづけた滅びゆくものの抒情は、美しかったが、あまりにもエゴイスチックなものであったような気がする。

「お前はもういざこざの外にいるんだ。お前にとって大切なものは何もない」
（ピアニストを撃て）

ニューオーリンズのある酒場に入ったところ、ピアニストが演奏している壁に、「どうかピアニストを撃《う》たないで下さい」という貼紙《はりがみ》がしてあったと言う。オスカー・ワイルドの旅行記の一節だそうだが、その頃のアメリカの西部は無法時代で、いつ喧嘩《けんか》がはじまって殺しあいになるのかわからない。

思いがけない犠牲者ができることも、めずらしくないが、バーテンやコックの身代りはあっても、ピアニストだけは死んでしまうと、かわりが来るまでは長い時間がかかる。そのあいだ、音楽なしの殺風景な酒場というのはやり切れないので、たとえ殺しあいになっても「ピアニストだけは撃たないで下さい」というイミの貼紙を出しておいたというほどのことなのであろう。

実際、芸術家だけはいざこざの犠牲にまきこむな、祭儀《さいぎ》的な人間は大切にしろ、という考えはむかしからあったもので、それが多くの芸術家たちをべつの視点から疎外《そがい》してきたとも言えるのである。そこで、トリュフォーは、映画「ピアニストを撃て」の中で、かかわりあいといったことについての考えを披瀝《ひれき》する。

映画の冒頭で、早くも見知らぬ男から、夫婦生活についてのグチをきかされるピアニスト、という設定は、ピアニストをさえも撃たずにはおかない現代社会をあざやかに描き出したトップシーンであった。引用した台詞も、構造的には「お前にとって大切なものは何もない」から「いざこざの外にいられる」というほどの意味で、撃たれないような人間の放棄した社会性には、すっぽりとその人間の人格までも包みこまれてしまう、といった印象があった。

主人公のピアニストは終始いざこざにまきこまれ、ついには「撃たれる」のだが、それは積極的なアンガジェというよりは、いやいやながらという感じであった。そして、私にはその「いやいやながら」がとても面白《おもしろ》かったのである。

「あやまるということは、何の役にも立ちませんね。特に、自分が何もしていないときに罪の意識を感じるのは、具合のわるいものです。

むかし学校で先生の机から物が紛失したとき『盗んだのは誰ですか?』といわれて、もちろんぼくだという気がしました。

でも、じっさいは何が盗まれたかも知らなかったのです」

（審判）

少年時代に、私にも同じような経験がある。修学旅行で青函連絡船にのっていて津軽海峡にさしかかったとき、私ののっていた船から一人の中年の女が海にとびこんで自殺したのだ。

丁度《ちょうど》そのとき私は甲板《かんぱん》にいたので、遠くからその一部始終を見てしまった。それは、まるでスローモーションフィルムの中の出来事のように緩やかに見えた。「ああ、一人死ぬな」と思ったとき、私はわけもなく罪悪感のようなものにとらわれたのを覚えている。それは、私にはまるで関係のない出来事だったし、それに遠すぎてとめることなども不可能であった。その中年の女は（あとで知ったことでは）よくあるような厭世《えんせい》自殺にすぎず、しかもノイローゼだったという。

だが、それなのに私はその後何度か、その女の夢まで見た。それは、フランツ・カフカ流に言えば「罪悪感の誘惑」のようなものだったのかも知れない。

たしかに、罪悪感というやつには官能的な何かがある。それは、むしろ孤独な愉《たの》しみと言ってさえ、いいほどのものである。

映画「審判」のなかではそれが繰り返される。

K「すみません」

バーストナー「すまない、すまないって、いつも詫《わ》びてばかりいるのね」

K「どうも、すみ……、あ……」

バーストナー「どうしたの？」

K「また、あやまろうとしたんです。たしかに口癖のようですね。あなたの言うとおりだ」

バーストナー「え？」

K「あなたのせいじゃありません」

――オーソン・ウェルズの「審判」は、こうした人間の中にひそむ原罪を処罰しようとする見えない権力に、現代的評釈を与えて通俗化してしまったきらいがあるが、それでも冒頭にあげたセリフは、私の心に長くのこっていたのである。

「全く最低に汚ねえ……」

（勝手にしやがれ）

これは映画「勝手にしやがれ」の中で、ミシェルという男が死に際に言った台詞《せりふ》である。ミシェルはジャン・ポール・ベルモンド。このでたらめな世の中では政治も愛も信じられない。彼が信じているのは、ただ「美」だけである。

だが、美というものはしばしば社会生活の上で障害になる。美はあくまで個人的なものであり、人は美だけでは生きられないからである。

ミシェルの女友だちのパトリシアは言う。「地面に穴を掘って、その中にかくれられれば掘りたいわ」

すると新聞記者は言う。「それなら象のようにすればいい。象は不幸につけ、幸福につけ姿を消すものだ。奴らは高慢なんだね」

そして、高慢な象男のミシェルは、警官に撃たれて死ぬのである。

死にかけているミシェルのところへ駈けてきた警官がさわろうとすると、ミシェルはしかめっ面でそれを拒み、自分で自分の目を閉じて死んでしまう。

「全く最低に汚ねえ！」

という呟《つぶや》きこそ、ある意味ではもっとも実感的な現代への批判だと言えるだろう。

「一つおとりよ」

ピエール、マッチをすって手のひらの上のガラス玉を照らして見せる。

「お星さまのかけらだ。空から落ちたんだよ」

（シベールの日曜日）

これは映画「シベールの日曜日」のなかでのフランソワーズという少女と、記憶喪失《そうしつ》のピエールとの出会いの台詞である。泣いているフランソワーズをあやすために、ピエールはガラス玉を見せて「星のかけら」だとあざむく。するとフランソワーズは「星のかけら」があまりにも高価なものだと思って「もらえないわ」と遠慮する。

ピエールは何とかフランソワーズの気をひくために

「いや、いまのは冗談だったのだ。これは水だよ、ただの水なんだよ」と言いなおす。このメルヘンのような出会いがしだいに二人の仲を深めてゆき、人たちに変態性欲者とまちがえられるような、年のちがったロマンスにまでなっていって殺人事件をひきおこす。「シベールの日曜日」は、現代に生きるためには、無垢《むく》な心がどのような報復をうけねばならないかということを物語る残酷な映画であった。ガラス玉を星のかけらと思いこめる感受性は、その星のかけらの鋭い刃先でみずからの心を傷つける。

　パリの撮影所で、私はセルジュ・ブールギニョンに逢ったが、彼は丁度ベベとローラン・テルジェフの新作のラッシュを見ていた。見ないか、と誘われて海辺のラブ・シーンを見てきたが、それはやっぱり

「お星さまのかけらだ。空から落ちたんだよ」というピエール同様、心のやさしさが必要以上に現実をかざりたてたもので、美しいが、もろい映画であった。

「ときどき、夜中にこの静かさが私にのしかかってくる。
平和って何て恐しいんだろう」
(甘い生活)

これはフェデリコ・フェリーニの「甘い生活」の中の、スタイナー(アラン・キュニイ)の台詞である。

スタイナーは幸福なパパであり、いつもサロンに友人たちを集めて雑談している。外はひどい嵐なのに、マンション・アパートの中のスタイナーの部屋《へや》だけは平穏で無事である。

友人のイリスの「塔高すぎて地上の声とどかず……」という詩の朗読のあとでスタイナーがテープレコーダーに吹きこんだ自然の声を流す。

それは鳥の声と森の音である。メカニズムにとりかこまれて、何年もほんものの鳥の声を聞いたことのない都会人たちは、しんとなってその音に耳をすます。引用の台詞は、そのシーンのものである。

翌日、スタイナーはピストル二発で子供を殺し、その後で自殺する。

その理由はだれにもわからない、と刑事は言うが、それが「平和」のせいだということが観客にはわかるのである。

私は人間の不幸は只《ただ》一つのことから起るものだということを知った。それは部屋の中で休息できないということである。

（柔らかい肌）

これはフランソワ・トリュフォーの映画の中で、一人の文芸評論家がする講演の一節である。

トリュフォーは、このパスカルのことばの中の「部屋」のイミを拡大化して、家庭ということに置きかえている。家庭生活にくたびれた評論家が、家庭の外に休息を求めてニコールという名の少女と情事にふけるが、その休息の代償として死を与えられる。つまり「永遠の休息」を与えられる、というのがこの映画の大雑把《おおざっぱ》な展開である。

しかし、私の考えでは評論家とニコールとの情事の中にも、やはり同じような桎梏《しっこく》はあったのであって、評論家はまたべつの休息を求めることにくたびれて、自ら永遠の休息を求めたのだとも言えるのである。

だが、人生はくたびれるに値するかということについてはトリュフォーは何も語っていない。「柔らかい肌」のつまらなさは、そのくたびれ甲斐《がい》に目をつむって、休息だけをえがこうとしたところにあったのではないかと思われるのである。

私はこのパスカルのことばが好きだが、部屋は文字通りに部屋と考えたいと思う。そして私自身は部屋の外、つまり群衆の雑踏や競馬場や草原に休息を見出し、結構一息ついているということを、このセリフへのクリテークにしたいと思うのである。

ユリシーズは妻の所に戻りたくなかった。だからトロイ戦争をした。帰りたくないから戦争を引きのばしたのだ。

（軽蔑）

若いシナリオライターのポールが、商業映画としてホーマーの叙事詩の映画化の脚本をまかされる。だが、ポールにとってはホーマーの叙事詩の世界があまりにも単純すぎても の足りない。

彼はユリシーズの中に、人間らしさの復権を見出すためには、何か「独自の見解」が必要であると考える。彼のなかにひそむ家庭の幸福へのえもいわれぬ嫌悪感《けんおかん》と、しみついてしまっている帰巣性。それがユリシーズのドラマに二重うつしになってくるのである。

ある日、彼はこの映画のプロデューサーでいかにも現代のユリシーズ然とした男プロコシュ（ジャック・パランス）の前でしみじみと語る。

「ユリシーズは妻の所に戻りたくなかった。だからトロイ戦争をした。帰りたくないから、戦争を引きのばしたのだ」

これは、ポールにとって切実な問題である。そんな苦悩なしに、ユリシーズの英雄性が解釈できる訳がないのだ。だが、プロコシュはこのポールを軽蔑する。そして、ポールの妻さえも、こんな女々しいポールの英雄観を軽蔑するのである。

だが美しい海のほとり、ロケーションのくりひろげられる「ギリシアの自然」の中でのこのポールの孤独には心に沁《し》むものがあった。

「とすると、レコードを一つ掛ける程の時間ですな」
「何だって、何の話だね」
「私だけの話です」

(アスファルト・ジャングル)

「アスファルト・ジャングル」は私にとって二つの思い出がある。一つは、この映画を観ながら、煙草をはじめて喫《す》ったこと。もう一つは、マリリン・モンローにはじめて出会ったことである。そのせいかどうか、私は「アスファルト・ジャングル」の場面は、いまでもはっきりとおぼえている。スターリング・ヘイドンとサム・ジャフェが宝石店で強盗を働く。

そしてうまく成功したかに見えるのだが、巡査に見つかって一人ずつ捕まってゆくというお決まりのギャング映画だが、そのなかで国境まで逃げたサム・ジャフェが、あと一歩で安全な故郷へ逃げこめるというときに、ふとした気まぐれからドラッグストアーでレコードを一曲だけきくという場面がある。

そして、その二、三分のあいだに警察に発見されて、一生かけた仕事を台なしにしてしまうのである。レコード一枚分だけの時間で天国から地獄へ転落するというシチュエーションは、少年時代の私に平手打ちを喰わせるほど強烈なものであった。私は、しみじみと二分間の人生ということについて思い、「生き急ぐ」ことの必要を感じたものである。この映画ではもう一つ、競馬狂の犯罪者ディクスが故郷の牧場を思いながら
「パパがまだあの黒馬を売らないでいれば何もかもがよくなるのだ」と言うセリフがあって、それもとても印象深いものであった。

「昔、パリ音楽院の学生だったの。一流のピアニストを目ざして……ショパン……ドビッシー、初めてのリサイタルの夜、ピアノの蓋が手に落ちてきて、指が三本だめになって……夢がこわれたわ。
あとは私と、この犬さえ食べていくのに、やっとでした」

（あなただけ今晩は）

この涙のセリフ。実はまっかな嘘《うそ》なのである。シャリー・マクレーン演じるところの娼《しょ》婦《うふ》イルマは、こんな口からでまかせを言っては男から札束をまきあげる。

また、その舌の根もかわかぬうちに今度は「私、自分の本当の名前も知らない孤児なの。私のいた孤児院は、連合軍上陸の日に破壊されちゃって、私毎週再建の費用を送っているのよ」と言ったり、「私の妹は病院にいるの。一日三回も輸血しなくちゃならないの。一パイントの血がどんなに高いものか御存知ないでしょう?」と言ったりして、他の男から札束をまきあげる。

そのくせ、すぐに自分のついたウソをけろりと忘れてしまうというあざやかさである。

どうせ私をだますなら
死ぬまでだましてほしかった

と歌うわが国のヒロインの執念深さにくらべ、私はイルマのあっさりした性格がとても好きであった。

監督はビリー・ワイルダー、イルマの恋人ネスターはジャック・レモン。

わが国では、売春婦というとすぐに「人身売買」のような暗いイメージを持つ向きがあるが、イルマには「月を眺めて目に涙」式の悲惨さが少しもない。

よき時代の娼婦万歳、可愛いいイルマ万歳！　と思いながら私はこの映画をなつかしく思い出す。

3 好きな詩の一節

墓場は、いちばん安上りの宿屋である。

ラングストン・ヒューズ「詩集」

どっかへ走って　ゆく汽車の
七十五セント　ぶんの切符をください　ね
どっかへ走って　ゆく汽車の
七十五セントぶんの
切符をください　ってんだ

どこへいくか　なんて
知っちゃあいねえ
ただもう　こっちから　はなれてくんだ

ラングストン・ヒューズ「七十五セントのブルース」

俺達はきよらかな光の発見に心ざす身ではないのか。
——季節の上に死滅する人々から遠くはなれて。

アルチュール・ランボー「地獄の季節」

地球が二つに割れればいい
そして片方は洋行すればいい
すれば私はもう片方に腰掛けて
青空をばかり——

中原中也「この小児」

かの女は森の花ざかりに死んでいった。
かの女は余所にもっと青い森のあることを知っていた。
ギイジャルルクロオ「花ざかりの森」

あの青い空の波の音が聞こえるあたりに
何かとんでもないおとし物を
僕はしてきてしまったらしい

透明な過去の駅で
遺失物係の前に立ったら
僕は余計に悲しくなってしまった
谷川俊太郎「かなしみ」

死んだ女より

もっとかわいそうなのは
忘れられた女です

マリー・ローランサン「鎮静剤」

ボクシングは奇妙なスポーツだ。同じことを街中でやってみろ。たちまち逮捕される。

「チャンピオン」

いびつな男がおりました
　彼はいびつな道を行きました
いびつな階段のところで
　六ペンス銀貨をみつけました
彼はいびつな猫を買いました
　猫はいびつなねずみを捕えました

そしてみんないっしょに
いびつな家に住みました

マザーグース「童謡」

じゃ、これが地獄なのか。こうだとは思わなかった……二人ともおぼえているだろう。硫黄の匂い、火あぶり台、焼き網なんか要るものか。地獄とは他人のことだ。

サルトル「出口なし」

4 名言

人生

〔私のノート〕

ある日、私は考えた。

人生というのは、いつ始まるのだろうか？　それは決して生まれるときではないだろう。それでは、はじめて恋をしたときか？　書物を通して、また人間関係を通して自我にめざめたときか？

あるいは、自分のなかに棲んでいる「もう一人の自分」との友情が成立ったときか？

人生劇場という歌では、

やると決めたらどこまでやるさ

それが男の魂じゃないか

と言っている。だが人生はしばしば、男の魂よりももっとはるかなところで汽笛をならしていたりすることもあるように思われるのは、何故だろうか？

今すべてが一変してはならぬという法は、ないではないか。

ドストエフスキー「罪と罰」

ウラジミール　じゃあ、いくか？
エストラゴン　ああ、いこう。
（しかし、二人はうごかない。幕）

ベケット「ゴドーを待ちながら」

われわれはじぶんたちの生きている現在と決して完全に同時代にいることはない。歴史は仮面をつけて進行する。歴史は前の場面の仮面をつけたまま次の場面に登場するのだが、そうなるとわれわれはもうその芝居がさっぱりわからなくなる。幕が上がるたびに、話の糸口をたどりなおさなければならないのだ。

レジス・ドブレ「革命の中の革命」

人生は夢にして、その外形のあるものはしばしあらわれ、あるものは稀にきたり、
あるものは夜にのみあらわる……多くは移ろい
多くは繰りかえす変化のうちに消ゆるとも一つの見せかけの秩序をば人は感ず
この秩序のととのうところすべてを人は実と見る
記憶の力かくのごとし

ジェームス・トムソン「おそるべき夜の都会」

風立ちぬ！　いざ生きめやも

ポール・ヴァレリー「海辺の墓地」

人生を支配するのは幸運であり、英知にあらざるなり。

キケロ

人生は苦痛であり、人生は恐怖である。だから人間は不幸なのだ。だが、人間はいまでは人生を愛している。それは、苦痛と恐怖を愛するからだ。

ドストエフスキー「悪霊」

「頭で考えるな。肌で摑め」

ブルース・リー「燃えよドラゴン」

この世は一つの劇場にすぎぬ。人間のなすところは一場の演劇なり。

クリソストムス

消えろ、消えろ、つかのまの燭火《ともしび》、人生は歩いている影にすぎぬ。

ウィリアム・シェークスピア「マクベス」

人生は闘争にして、闘争は短刀を意味す。

キプリング「フィッシャーの水夫宿の歌」

心は一種の劇場だ。そこではいろいろな知覚が次々に現われる。去っては舞いもどり、いつのまにか消え、混じり合ってはかぎりなくさまざまな情勢や状況をつくり出す。

デイヴィド・ヒューム「人性論」

「海、それは自分の心をありのまま映し出す鏡だ」

ハーマン・メルヴィル「白鯨」

しっ、静かに。君のそばを葬式の行列が通りすぎていく。

ロートレアモン「マルドロールの歌」

神々はシジフォスに、休みなく岩を山の頂上まで転がして運び上げる刑罰を課した。山の頂上に達すると石はそれ自身の重さで再び落ちて来るのであった。無益で希望のない労働以上に恐ろしい刑罰はないと神々が考えたのは理由のあることであった。

アルベール・カミュ「シジフォスの神話」

わたしの人生をわたしはコーヒー・スプーンで測ってきた。

T・S・エリオット「プルフロック」

「ぼくは神の王国なんかにいやしない」
「人間はみなそこにいるのだよ」

アーネスト・ヘミングウェイ「兵士の故郷」

人間は、鏡をもって生まれてくるのではなく、また、われはわれなりというフィヒテ的哲学者として生まれてくるのでもないから、人間はまず、他の人間という鏡に自分を映してみる。

カール・マルクス「資本論」

生を愛するが故に死を恐れる思想は欺瞞《ぎまん》であり、生の苦痛を征服し、自殺する勇気をもった新しい人間こそ、自ら神となる。

ドストエフスキー「悪霊」

ああ、ぼくの人生というものはつらい。恐怖とたたかいと苦しみに満ちている。だが、それはもはや決定した歴史だ。

ピランデルロ「ヘンリー四世」

「木とは人間の兄弟で、動かないのです。木の話す言葉では、人殺しのことを樵《きこ》夫《り》といい、死体を運ぶ人のことを炭焼きといい、蚤《のみ》をキツツキといいます」

ジャン・ジロドウ「間奏曲」

およそ芝居などというのは、最高のできばえでも影にすぎない。最低のものでもどこか見どころがある、想像でおぎなってやれば。

ウィリアム・シェークスピア「真夏の夜の夢」

この世から去りゆくにあたって、つぎの言葉を辞世にしよう。私の見てきたものには誰も及ばないだろう。

ラビンドラナート・タゴール「詩集」

人間わずか五十年、化転《けてん》のうちにくらぶれば、夢幻《ゆめまぼろし》の如くなり。

織田信長

三分の一世紀にわたる私の意識的な生活は、全部が全部、革命闘争についやされてしまい、系統的な勉強などできなかった。しかしもう一度やりなおすとしたら、私は躊躇《ちゅうちょ》なく同じ道にとびこむだろう。

レオン・トロツキー「わが生涯」

一粒の麦、地に落ちて死なずば、ただ一つにてありなん。もし死なば果を結ぶべし。おのが生命を愛する者は、これを失い、この世にてその生命を憎むものは、これを保ちて、とこしえの生命に至るべし。

「新約聖書」ヨハネ伝

人びとは、いわばひとつのことばをスクラップにすることによって、それを処理しおえたと信じこむ。しかし、ある真理をかたづけることはある商品をかたづけることとほどに、たやすくない。

エンツェンスベルガー「政治と犯罪」

うつせみの世は夢にすぎず、
死とあらがいうるものはなし。

フランソワ・ヴィヨン「遺言詩集」

楽園を追放された、人間は、歴史への道に出ていくことを強いられたのである。神話の用語でいえば、人間は帰ることを許されない。実際は人間は帰ることができないのである。

エーリッヒ・フロム「革命的人間」

人の人間がわれわれにとっていつでも未知のものとしてとどまっていること、その人間の中にはわれわれの理解の手からすべり落ちてしまう解きがたい何ものかが常にあるということ、これはおそらくほんとうである。

アルベール・カミュ「手帖」

人は自分がどんな土地にいるかを匂いで知るために、一本の指を土の中につっこむ。私は実存の中に指をつっこむ――が、それは何の匂いもない。私はどこにいる？　私は何者か？　どうやってここへ来たのか？　この世界と呼ばれるものは何なのか？　その語は何を意味するのか？　この物の中に私をおびき寄せ、そのまま置きざりにして行ったのは何者か……？

キェルケゴール「反覆」

ここがロドスだ、ここで跳《と》べ！

ギリシア故事より

わたしは満足を求めてあらゆる詩を読んだが満足はえられなかった。わたしが欲したのは精神の食事であったのに、わたしが蒐集したのは精神のボンボンやエクレアだった。詩をあきらめたわたしは、空想の食事を追って散文をあさり、いたるところに卑少な名作を見つけ、それから、人類よりも偉大となるべく誠実に努力したごく少数の人びとを見つけた。わたしの空腹を満たすものは、かれらの悪戦苦闘だけだ。

T・E・ロレンス「E・ガーネットへの書簡」

「脚本は人生によって汚されたのです」

ジョセフ・エル・マンキーウィッツ「裸足の伯爵夫人」

孤独

〔私のノート〕

テーブルの上が果しない荒野のように思われ、その向うに坐っている家族がひどく遠くに感じられることがある。紅茶の湯気。

孤独は、どんな「幸福な家庭」のなかにもすきま風のように吹きこむ。

そんなとき、口ずさむやさしい言葉の一節。

他人もみな自分と同じなのだということを知るために。

☆

部屋代が
天国へ送れるのなら、いいのにな。
ラングストン・ヒューズ「小さな、しかし、重要な抒情詩」

生きている人間は長靴なしでもすまされるが、死んだ人間は棺桶《かんおけ》なしではすまされない。

プーシキン「その一発」

おまえは母さんにするときより、よっぽど愛情こめて、人形にキスするんだね？

アラバール「大典礼」

死のうと思つてゐた。ことしの正月、よそから着物を一反もらつた。お年玉としてである。着物の布地は麻であつた。鼠色のこまかい縞目《しまめ》が織りこめられてゐた。これは夏に着る着物であらう。夏まで生きてゐようと思つた。

太宰治「晩年」

憂鬱は凪いだ熱情に他ならない。

アンドレ・ジイド「地上の糧」

私がいま、このうちの誰かひとりに、にっこり笑って見せると、たったそれだけで私は、ずるずる引きずられて、その人と結婚しなければならぬ羽目におちいるかも知れないのだ。女は自分の運命を決するのに、微笑一つで沢山《たくさん》なのだ。

太宰治「女生徒」

メフィストフェレス「お昇りなされ、あるいは下りなされ。同じことじゃよ」

ゲーテ「ファウスト」

「僕の思念、僕の思想、そんなものはありえないんだ。言葉によって表現されたものは、もうすでに、厳密には僕のものじゃない。僕はその瞬間に、他人とその思想を共有しているんだからね」
「では、表現以前の君だけが君のものだというわけだね」
「それが堕落した世間で言う例の個性というやつだ。ここまで言えばわかるだろう。つまり個性というものは決して存在しないんだ」

三島由紀夫「旅の墓碑銘」

私は私自身の証人である。

サン・テグジュペリ「人間の土地」

どうせあたしをだますなら
死ぬまでだましてほしかった

西田佐知子「東京ブルース」

叔母の言ふ。
「お前はきりやうがわるいから、愛嬌《あいけう》だけでもよくなさい。お前はからだが弱いから、心だけでもよくなさい。お前は嘘がうまいから、行ひだけでもよくなさい」

太宰治「晩年」

地上的な希望はとことんまで打ちのめされねばならぬ。そのときだけひとは真の希望で自分自身を救うことができる。

カフカ「城」

私の生とは幻想である。革命はもはや私の興味をひかない。

ペーター・ヴァイス「マラー／サド」

私は悲しい癖で、顔を両手でぴつたり覆つてゐなければ、眠れない。顔を覆つて、ぢつとしてゐる。

太宰治「女生徒」

「いまぼくがひたすら望んでいることは——存在すること（to be）なのだ。どうか忘れないでほしいが、この不定詞は中国語では〈他動詞〉なんだよ」

ヘンリー・ミラー「南回帰線」

恋

〔私のノート〕

恋のかたちも時代とともに変遷してくる。そしてそれと共に、恋について語る言葉もまた、である。

かつてバルザックは「愛について語ることは愛することである」と言ったが、いまではそのことばも空しい。人生のゲーム、自己劇化への投身。そして情熱の賭けと、終ったあとのほろ苦い甘美さのためにだけ、恋はあるのだろうか？

ロバと王様とわたし
あしたはみんな死ぬ。
ロバは飢えて、

王様は退屈で
わたしは恋で……
時は五月。

ジャック・プレヴェール

「あなた、わたしを好き」
「好きだとも」
「どのくらい好き！」
「お金にして十万ポンドくらい。そう、十万ポンドくらいだよ！」

ジョン・ブレイン「年上の女」

人の一生には焰《ほのお》の時と灰の時がある。

アンドレ・レニエ「半ばの真実」

お前をきらいになった時
お前にそれをいう代り
お前をきらいになった時
私は鳥打かぶろうよ

ジャン・リュック・ゴダール「勝手にしやがれ」

女はつねに隣の亭主をスミレだと思っている。

フランス古諺

火を消すには火をもって為せ。

ウィリアム・シェークスピア「ロミオとジュリエット」

貞淑とは情熱の怠惰《たいだ》である。

ラ・ロシュフコォ伯爵「箴言《しんげん》」

女をよくいうひとは、女を充分知らない者であり、女をいつも悪くいうひとは、女をまったく知らないものである。

モーリス・ルブラン「怪盗アルセーヌ・ルパン」

ぼくは期待している。女というものは、男によって文明化される最後のものであろうと。

ジョージ・メレディス「喜劇論」

人はその煩悶《はんもん》の始末をただ理性にばかり委せるために心を乱すことの方が多いのである。

アイザック・スターン「センチメンタル・ジャーニー」

「なぜお前さんの歌はそんなに短いの?」と、或るとき小鳥にたずねてみた。
「もしや息が続かないのじゃないの?」
「私には歌が沢山あるのです。それをみんな歌ってしまいたいので」

アルフォンス・ドーデ「アルルの女」

ひとりの男だけを見つめている女と、ひとりの男からいつも眼をそらす女とは、結局、似たようなものである。

ラ・ブリュイエール

嫉妬はつねに、恋とともに生まれる。しかし、必ずしも恋とともに死にはしない。

ラ・ロシュフコォ伯爵「箴言」

男はどんな女とでも幸福にいけるものです。かの女を愛さないかぎりは。

オスカー・ワイルド「獄中記」

「きみはもう二度とその話はしないのかと思った」
「だって仕方ないじゃないの」
「話をすると思い出が消えちまうよ」
「だから、まわりのほうだけ話してるのよ」

アーネスト・ヘミングウェイ「陽はまた昇る」

愛される男は、女にとって、じつは愛を引っかける釘《くぎ》ぐらいの価値しか持っていない。

アンドレ・ジイド「日記」

三本のマッチ一つ一つ擦《す》る夜のなか　はじめのはきみの顔をいちどきに見るため　つぎのはきみの目をみるため　最後のは君のくちびるをみるため　残りのくらやみは今のすべてを思い出すため　きみを抱きしめながら

ジャック・プレヴェール「夜のパリ」

愛のために死んだ人は神の中に葬られる。

ナヒテノルト

「いのちをたもつのも、いのちをほろぼすのも、どちらもたのしいあそびだったら、ほろぼすほうをえらんだからって、どうしてそれがざいあくかしら？」

香山滋「海鰻荘奇談」

恋における貞節とは欲情の怠惰にすぎない。

アンドレ・レニエ

恋はもしかすると死より強いかもしれぬ。しかし病気は死より一層強い。

マルセル・プレヴォ

狂人と、恋人と、詩人とは
全く想像力で頭がいっぱいだ
広い地獄にも入りきらないほどの鬼を見るもの
それが狂人だ。

恋人も、それに劣らず気が狂っていて、ジプシーの顔もヘレンのように美しいと見る。

ウィリアム・シェークスピア「真夏の夜の夢」

彼女は生れて初めて手に接吻された。すると彼女は堪《たま》らなくなって、夫への愛が冷め、「脱線して」しまった。

アントン・チェーホフ「手帖」

幸福

〔私のノート〕

幸福とは幸福をさがすことである。

――私はこのルナアルの言葉を、高等学校の便所の落書のなかで発見したのだ。私はこの大きな真理を何べんもよみながら、目にしみるような窓の青空に目をやった。人と人とに出会いがあるように、人と言葉とのあいだにも、ふしぎな出会いがあるものだなあ、と思いながら。

幸福とは幸福をさがすことである。

ジュール・ルナアル

人は仰いで鳥を見るとき
その背景の空を見落さないであろうか

三好達治「鳥鶏」

なぜハムレットは死後に見る夢のことを苦に病んだりしたのだろう。この世に生きていたって、もっと怖《おそろ》しい夢がやって来るのに。

アントン・チェーホフ

「どうか僕を幸福にしようとしないで下さい。それは僕にまかして下さい」

アンドレ・レニエ「半ばの真実」

同じ若い世代の人たちのささやかな野心のみすぼらしさ！ まじめにはたらき、サハラを灌漑《かんがい》する。LPセットときれいな妻といい子どもをもつこと。一週に一度は教養をえようとつとめる。確実な価値（正直、洗濯機、サン・テグジュペリなど）をえらぶこと。ああ、なんとなくむなくそのわるい計画！ こんなものは飼いならされた家畜の理想だ。洗濯機を中心に夢想はできやしない。もちたい、もちたい？ 彼らすべてのものをもちたいとのぞむ。いったい彼らにとっては何のために生き、また死なねばならぬというものは存在しないのだろうか！

ブレチニー・シュル・オルジュの娘

「君の迷路には余分な線が三本もあるよ。ぼくの知っているギリシアの迷路なんか、たった一本の直線でできている。そして多くの哲学者がこの線の中でさえ迷ったのだから、一介の刑事が君の迷路に迷いこむのはごく当然のことさ」

ホルヘ・ルイス・ボルヘス「ボルヘスとわたし」

想像力の消耗からも、人はその家庭を愛するようになってくる。

萩原朔太郎

双生児の弟とぼくとがごっちゃになったのだ。自分の首をくるつもりで彼奴の首をくくっちまった。やっぱり、俺はうっかりしてるんだなぁ！

カミ「ルーフォック・オルメスの冒険」吉村正一郎訳

幸福がそんなにみじめなものなら、幸福から私を救って下さい。

ジャン・ジロドウ「間奏曲」

女は幸福ではなく、幸福のかわりにあるものだ。

ポール・クローデル「繻子の靴」

小さい子供がはじめて笑うとき、その笑いは全然何を表現しているのでもない。幸福だから笑うわけではない。むしろ、笑うから幸福なのだと言いたい。

アラン「幸福論」

結婚が最初に、人間以前に存在していたのだ。その後ではじめて人間があらわれて、結婚を受け取ったのだ。

マックス・ピカート「ゆるぎなき結婚」

——予は近代の科学というものを軽蔑して居る。ただ何《ど》うかして食事に変ったものが欲しい。

マルセル・シュオップ「卵物語」

あれほど多くの苦しみにさいなまれながら、それでもなおかれの顔が幸福であるように見えるのはどういうわけだろう。

アルベール・カミュ「手帖」

お嫁さんを貰って、家具を入れて、書き卓を買って、文房具を揃えた。ところが何一つ書くことがなかった。

アントン・チェーホフ「手帖」

結婚は夫によって、または妻によって創り出されるものではなく、逆に夫と妻とが結婚によって創られるのだ。

マックス・ピカート「ゆるぎなき結婚」

花に嵐のたとえもあるさ
さよならだけが人生だ

井伏鱒二「厄除け詩集」

「蛙に似た女でも蛙のお袋とはかぎらない」

「ペーパームーン」

雪が降った。けれど、地面が血に染んでいるので積らなかった。

アントン・チェーホフ「手帖」

ひとは個人が社会に対して自己を主張するために行うすべての違反行為や、さらに犯罪についてさえも言訳をすることができる。だが故意にある人間が人間を物にまでおとしめようと努める場合には何ものも償うことの出来ない忌々しいものを地上に現出させることになる。

シモーヌ・ド・ボーヴォワール「第二の性」

家より価値のあるところは何処に？
いたるところに！

エルヴェ・バカン

生活。
よい仕事をしたあとで
一杯のお茶をすする
お茶のあぶくに
きれいな私の顔が

いくつもいくつも
うつってゐるのさ
どうにか、なる。

太宰治「晩年」

タマを持ってるやつから目をはなすなよ。いつもそいつの傍にいるんだ。それが人生の目的というものだ。

アーサー・ミラー「セールスマンの死」

「喧嘩のいいところは仲直りができることね」

「ジャイアンツ」

「ああ、私の大事な吹出物《おでき》さん」と、いいなずけがうっとりした声で言った。相手はちょっと考えていたが、やがて腹を立てて――破談になった。

アントン・チェーホフ

一切が終ったら遠ざかることだ（神あるいは女から）。

アルベール・カミュ「手帖」

教育。――「よく噛《か》むんだよ」とお父さんが言う。そこでよく噛《か》んで毎日二時間ずつ散歩をして、冷水浴をした。だがやっぱり不仕合わせな無能な人間が出来あがった。

アントン・チェーホフ

猫は小人の一番いい友達よ。

じゃ、人間は？
淫売の息子の巨人のことかい。

セベロ・サルドゥイ「コブラ」

快楽

〔私のノート〕

どういうものか快楽という言葉をきくと、私は性のことを思いうかべる。

セーラー服の女学生、そして私の「春のめざめ」。便所の中でかくれて喫んだ、あの苦い煙草の味。

いまでは、快楽というと夜間飛行の匂いのするどこかの夫人、そしてかくれて味わう禁断の戯れ。愛とはべつの情事などがイメージされる。

勿論、ほんとは大食いの快楽、酩酊の快楽――そして、賭博における勝利の快楽といったものもあるには違いないのだが……

詩の一行から、次の一行までの、はてしない旅路――心にも快楽はあるか？

一杯の茶のためには、世界など滅びていい。

ドストエフスキー「地下生活者の手記」

「でも堕落は快楽の薬味なのよ。堕落がなければ快楽も水々しさを失ってしまうわ。限度をこさぬ快楽なんて、快楽のうちに入るかしら?」

マルキ・ド・サド「新ジュスティーヌ抄」

婦人たちよ、これから地獄めぐりをするのだ。ドレスのすそをからげなさい。

アレン・ギンズバーグ「吠《ほ》える」

快楽は罪だ。そしてときとしては罪は快楽だ。

バイロン「ドン・ジュアン」

他人からもらった快楽というものは、約束しただけのものをけっして支払ったことがないのに反し、行動することの快楽は、必ず約束したものより以上のものを支払う。

アラン「幸福論」

「わしは天国の門前にたたずんだ。と、何とその中に住んでいるのは、ほとんど貧乏人であった。また、わしは地獄の門前にたたずんだ。と、何とその中に住んでいるのはおおかた女であった」

リチャード・バートン版「千一夜物語」

快楽を追う者は、善をこれの官能におく。

アウレリウス「自省録」

神と悪魔が闘っている。そして、その戦場こそは人間の心なのだ。

ドストエフスキー「カラマーゾフの兄弟」

あなたの目は、こっそりと私の心を盗む。泥棒！　泥棒！　泥棒！

モリエール「贋《にせ》才女」

女の祖国は若さです。若さのあるときだけ、女というものは幸せなのです。

ゲオルグ・ゲオルギウ「第二のチャンス」

全女性が同じ顔、同じ性質、同じ心立てをしていたのなら、男はけっして不貞を働かぬだけでなく、恋をすることもなくなろう。

カザノーヴァ「回想録」

きざせし兆をみてとるや、入れたままツト半身起して元の本取の形、大腰にスカスカと四五度攻むれば、女、首を斜めに動かし、やがて両足左右に踏みはり、思ふさま股をひらいて、一物をわれから与へとあてさせる様子、かうなつては何をするもこちらものと思へど、大事を取るに如《し》かず、口など吸はずただ、腹を早めて様子をうかがふに、忽ちがつくり枕を外して、それを直さうともせぬにぞ、もう占めたと半身起して……、徐々に女の伊達巻解きすてて、緋《ひ》縮緬《ぢりめん》の腰巻引きはだけて乳房より下腰までむつちりとして雪の様なる裸身。

永井荷風「四畳半襖の下張り」

苦痛に二種あるように、快楽にも二種ある。一つは、肉体的快楽であり、二つめは予想の快楽である。

エルヴェシウス「人間論」

泣くことも一種の快楽である。

モンテーニュ「随想録」

本来、お世辞というものは、女の身にぴったりと当てはまる衣裳である。

キェルケゴール「追憶の哲理」

退屈——この怪物を押し潰《つぶ》す、ただそれだけのために、人はピストルを己の脳《のう》漿《しょう》にぶちこむことすらある。

原口統三「二十歳のエチュード」

楽しみは汝が満足している場合には苦労の記憶なり。

エウリピデス「アンドロメダ」

もっとも大きな快楽は、他人を楽しませることである。

ラ・ブリュイエール「人さまざま」

わたしは、あの責め苦をもう一度ためし味わい、あの無意味なおろかしさにもう一度ぞっと身をふるわせたい。もう一度といわず、何度でもわたしのうちにある地獄を、ふたたび渡り歩いてみたい。いつかには、もっと上手にこのゲームを演じられるようになりたい……。

ヘルマン・ヘッセ「荒野の狼」

人生には真の魅力はひとつしかない、それは賭博《とばく》の魅力である。

ボードレール

「あいつらは、まず人をころしておいて、それからうそをつくんです。そんなことが許されるんでしょうか？」

ヘルマン・ケステン「ゲルニカの子供たち」

ちっぽけな快楽ほど人間を小さくするものはない。

シューベール「随想録」

殺人が長いあいだぼくのうちにひそんでいたことはわかっていた。それは大きな解放感と希望とを与えてくれた。それは非セックス的どころか、もっともセックス的だ。

ノーマン・メイラー「アメリカの夢」

……ぼくの敵には驚嘆する
やつらはぼくに好意を抱いている
自身と、そしてやつらと折れあえば
どんなことでも赦される
ちょいとした忘れっぽさが、もう好かれる種になる

どんな信仰箇条にたいしてであれ
たったいっぺんアーメンをいえば
気持ちよく家に迎えられる……

エンツェンスベルガー

エロチスムは死にまで至る生の称揚だ。

ジョルジュ・バタイユ

ムルソーがさらに四発の弾丸《たま》をうちこんだことは、一発でやめるよりはさらに悪かったかも知れない。けれどもその場合四発をさらにうちこんだことは自然であった。

李珍宇「朴寿南への獄中書簡」

「もしや誰か娘を見て色気を出し、一儀に及ぼうってときにゃ、取っておきの財産の一部をくれてやるわけじゃないか。そしていっしょに寝れば共同財産にあずかったことになる」

アリストファネス「女の議会」

優しさが享楽において必要だと主張するなど、あきらかに馬鹿げている。魂のやさしさなどというものは、感情の快楽に決して何ものも付加しはしない。あえて言うならそれは、快楽を損《そこな》うものですらある。愛することと享楽することとは、ぜんぜん別なことだ。それが証拠に、毎月のように、ひとは享楽することなく愛したり、またもっとしばしば、愛することなく享楽したりしているではないか。

マルキ・ド・サド「新ジュスティーヌ抄」

ゼロだよ、とにかくゼロに賭けるんだ！

ドストエフスキー「賭博者」

冒険と死

〔私のノート〕

人は一生のうちで一度だけ、誰でも詩人になるものである。だが、やがて「歌のわかれ」をして詩を捨てる。そして、詩を捨て損ったものだけがとりのこされて詩人のままで年老いてゆくのである。

私もまた、詩を捨て損ったにがい心をいだきながら、群衆の中におし流されていきつつある。

だが、もしも船出にまにあっていたら、私は冒険家になりたかったのである。

選ぶすべを知る男の祖国は、それは茫漠《ぼうばく》とした雲の赴くところだ。

アンドレ・マルロオ

「どうか偶然なんてことをあてにしないで下さい。偶然のない人生というのもあるのですから」

ドストエフスキー「賭博者」

「……したい」などという心はみな捨てる。その代りに、「……すべきだ」ということを自分の基本原理にする。そうだ、ほんとうにそうすべきだ。

三島由紀夫「剣」

「一国の王であるってことは全く愚劣そのものさ。しかし一つの王国をこさえるってこと、こいつは別物だ」

アンドレ・マルロオ「王道」

「空かけるホメロスはともかく、鳥ふぜいに負けてなるか！ と人間クンの涙ぐましくも奇想天外なこの努力に栄光あれ！」

ケン・アナキン「素晴らしきヒコーキ野郎」

だが、僕はもうこの吹き降りの雨も欺きはしない。飛行家のつとめが僕のために、一個の別世界を開いてくれる。その世界の中で、僕はやがて二時間もたたないうちに直面してくるはずだった黒い竜と青い稲妻の髪を王冠のように戴いた高い峰々と。その世界の中で、やがて夜ともなれば、風雨から解放されて、星々の間に自分の路を尋ねて行くのだ。

サン・テグジュペリ「人間の土地」

或る模範に人生をあてはめようとする人たち、この生ける屍《しかばね》みたいな人間たちの言葉を一体どうしろと言うんだ？　人生に何らの究極目的が与えられていないということ、それが今や行動の条件となったのだ。

アンドレ・マルロオ

われわれは苦しむ以上に恐れるのである。

アラン「幸福論」

敗北は受容的なものである。しかし勝利は理念であり統一的法則でなければならぬ。日本の文化はこのような勝利の理念的責務に耐え得たかどうか疑わしい。

三島由紀夫「小説家の休暇」

イタリア人が復讐に感じる不倫な幸福はむしろこの民族の想像力の強さによるものだと私は考える。他の民族は許すのではない、忘れるのだ。

スタンダール「パルムの僧院」

五十歳までは、世界はわれわれが自分の肖像を描いていく額縁である。

アミエル「日記」

人生は、書物のそとで聞く時は音《ね》色《いろ》が違っている。

ロマン・ロラン「ジャン・クリストフ」

おごれる者も久しからず、ただ春の夜の夢のごとし。たけき者もついにはほろびぬ、ひとえに風の前の塵に同じ。

「平家物語」

兵を養うこと千日、用いるは一朝《いっちょう》にあり。

「水滸《すいこ》伝」

崇高なものが現代では無力で、滑稽なものにだけ野蛮な力がある。

三島由紀夫「禁色」

未練がましいことをしているとは思わないで下さい。私は復讐がしたいのだ。

シラー「旅」

歴史はただ、至るところに存在しながら何処にも存在しないためにのみ役立つのである。

マックス・ピカート「神よりの逃走」

天才とは九十九パーセントが発汗であり、残りの一パーセントが霊感である。

トーマス・エジソン

英雄に讃仰と忠節を捧げたまえ。そうすれば自分自身、英雄的となる。

D・H・ロレンス「現代人は愛しうるか」

人はあらゆることにたいして身をまもることができる。ところが死に関してはわれわれはみな城壁の崩れた城砦《じょうさい》に住んでいるようなものだ。

エピキュロス

ああ、復活の前に死があるね。

ロマン・ロラン

解かれることを望まない秘密だってあるさ。

エドガー・ポー「盗まれた手紙」

人間は、死ぬことをひそかに望んだので、戦争をしたのである。自己保存の要求はきわめて深いものかもしれないが、死への欲情はさらに深い。

コーリン・ウィルソン「性の衝動」

汽車が走っているあいだ、乗客は止っておる。汽車が止ると、乗客はそこから歩き出さねばならん。走るものも途絶え、休息も途絶える。死は最後の休息じゃそうだが、それだとて、いつまで続くか知れたものではない。

三島由紀夫「金閣寺」

英雄のいない時代は不幸だが、
英雄を必要とする時代はもっと不幸だ。

ベルトルト・ブレヒト「ガリレオ・ガリレイの生涯」

朝

〔私のノート〕

言葉には朝と夜とがある。

朝の言葉は目覚めの言葉、それは「希望」と書きかえると、忽《たちま》ち思想に早がわりしそうな、美しいひびきをもっている。

だが、私たちは朝の言葉をそんなに沢山持ちあわせてはいない。

朝の言葉には大抵、弁明がつきまとうような薄暗い時代なのである。

ここにえらんだ朝の言葉の群にしても「あかつきに」というシャンソンの一行と見合うほどの力強さもないのが、私としてはとても残念なことである……

希望は不幸な人間の第二の魂である。

ゲーテ「格言と反省」

ぼくは二十歳だった。それがひとの一生でいちばん美しい年齢だなどとはだれにも言わせまい。

ポール・ニザン「アデン・アラビア」

だが暗夜はそもそも、何処《どこ》にあるのか。今は星なく、月光なく笑の渺茫《びょうぼう》と愛の乱舞さえない。青年たちは安らかである。そして私の前には、ついに真実の暗夜さえないのだ。

絶望の虚妄なることは、まさに希望に相同じい。

魯迅《ろじん》「野草」

勇気――攻撃する勇気は最善の殺戮《さつりく》者だ。死をも殺戮する。

ニイチェ「ツァラトゥストラ」

おお　時を鳴らせ
一兆回も真夜中の鐘を鳴らせ
僕はふたたびそれを聴こう

アレン・ギンズバーグ「麻薬書簡」

希望と怖れとは切り離せない。希望のない怖れもなければ、怖れのない希望もない。

ラ・ロシュフコォ伯爵「道徳的反省」

希望とは何か――あそび女《め》だ。

誰にでも媚《こ》び、すべてを捧げさせ、
お前が多くの宝物——お前の青春を
失ったときにお前を棄てるのだ。

シャンドル「希望」

イタリア人の勇気は怒りの発作であり、ドイツ人の勇気は一瞬の陶酔であり、スペイン人の勇気は自尊心の現われである。

スタンダール「恋愛論」

消耗することが、一般的に犯罪的なのではなく、いわゆる〝消耗〟から立ち還る過程で何を捉えるかが問題なのである。

奥浩平「青春の墓標」

思うに、希望とは、もともとあるものだともいえないし、ないものだともいえない。それは地上の道のようなものである。地上には、もともと道はない。歩くひとが多くなれば、それが道になるのだ。

魯迅「両地書」

狩猟で暮らした僕らの先祖は
生きものの悲哀について話をした。
いきをひきとったときその顔に刻まれている
限界と欠乏とをあわれんだ。
ライオンの何ものをも赦《ゆる》さぬ眼つきに、
死にゆく獲物の凝視の背後に、見た、
理性の贈物が増やすことのできる
人間的栄光を狂い求める「愛」を、
豊富な食欲と力を、
ひとつの神の正しさを。

あの立派な伝統に育てられながら、
誰がその結果を予言したか、
「愛」は本来、いりくんだ罪の道に
適していることを誰が推測したか？
あの、人間的靭帯《じんたい》が
彼の南国の身ぶりをこのように修正し、
僕らの考え以外のことは考えず
飢え、非合法に活動して、しかも
無名であることを
彼の円熟した望みをなし得るとは、誰が推測したろうか。

ウィルフレッド・H・オーデン「狩猟で暮らした僕らの先祖は」

希望はすこぶる嘘《うそ》つきであるが、とにかくわれわれを楽しい小道を経て、人生の終りまで連れていってくれる。

ラ・ロシュフコォ伯爵「道徳的反省」

青春は失われた国だ。そこには不安の道、幻覚の宿屋、苦悩の城、空中楼閣の宮殿、危険な初恋の場所などがある。……

幼年時代の最後の坂は、自然にその気むずかしい地方へ傾斜している。破局なく生きている人たちにとっては、教育が手すり、ものごとに通じた、安全な手になり、徒渉場を指し示し、未知の人に慣れさせる。だが他の人々にとっては、大きな冒険だ。

イブ・モンタン「頭にいっぱい太陽を」

臆病者は、ほんとうに死ぬまでにいくたびも死ぬが、勇者は一度しか死を経験しない。

ウィリアム・シェークスピア「ジュリアス・シーザー」

臆病は残酷性の母である。

モンテーニュ「随想録」

狭き門より入れ。滅びにいたる門は大きく、その路は広く、これより入る者は多し。生命にいたる門は狭く、その路は細く、これを見出すものは少なし。

「新約聖書」マタイ伝

ひとは女に生まれない。女になるのだ。……文明の全体が人間と雄と去勢物の中間のものを女性と呼んでいるのだ。

シモーヌ・ド・ボーヴォワール「第二の性」

必要はもっとも確実なる理想である。

石川啄木「時代閉塞の現状」

もしきみがものにおびえているなら、この本を読みたまえ。だがその前に聞きたまえ。もし笑いだせば、おびえている証拠である。書物は、きみの目に、生命のない品物に見えるだろう。無理もない。だが、もし、まんいち、字が読めねば？　恐れる必要があろうか……？　きみは孤独か？　寒気をおぼえているか？　きみは心得ているか？　人間はどれほどまでに《きみ自身》であるか？　愚かで？　そして裸であるか？

ジョルジュ・バタイユ「マダム・エドワルダ」

何人も、ドイツ軍占領下を生きていた頃ほどには、自由を感じたことはない。

ジャン・ポール・サルトル

宗教は世人の阿片《あへん》だ……いまでは経済学が愛国主義とならんで人びとの阿片となっている……性交はどうだ、これは人びとの阿片だったろうか？　だが酒はまたとない阿片だった、まったく上等の阿片だった……とはいえ、人びとのもう一つの阿片であるラジオのほうを好く人もいる。

アーネスト・ヘミングウェイ「賭博師と修道女とラジオ」

ユートピアとは、贋物《にせもの》の一つもない社会をいう。あるいは真実の一つとない社会でもいい。

トマス・モア「ユートピア」

悲劇的ではなく、焼けつくようなやつさ

革命に
必要な
リズムとは！

E・A・エフトゥシェンコ「革命とパチャンガ」

われわれは明らかに政治的専心からは、一光年も遠ざかっているが、それは越えねばならぬ距離である。

ノーマン・メイラー「一分間に一万語」

君にはこんな経験はないか。つまり、自分のしなくてはならないことが何かあるのがわかっていて、しかしそれが何なのかははっきりつかめない。そんな経験はないかい。おれにわかるのは、何かをしなくてはならないのだということで、それが何なのかよくわからない。時がくればわかるだろうが、おれは本物をつかむまでやるんだ。わかるかい。

ジェームス・ディーン

文明

〔私のノート〕

文明と言葉とは必ずしも、手に手をとって発達してきたのではない。標準語と活字文化のエスカレーションは、しだいに言葉を画一化し、人生の肉声を失くしてきたのである。

ここでは、グラマー女優のジーン・ハーロウからヴィルヘルム・フォン・フムボルトまでの言葉を並べて「文明」とタイトルをつけたが、むしろ反文明の言葉——呻き、と思って耳を傾けていただきたい。

「あるひとがききました。
何もかけずに寝るのか？　と。（一寸ながし目で私をみつめて）

目覚しをかけて寝るわ」

ジーン・ハーロウ

僕は詩人の顔と闘牛師の体とを持ちたい。

三島由紀夫「鏡子の家」

ぽかんと花を眺めながら、人間も、本当によいところがある、と思った。花の美しさを見つけたのは人間だし、花を愛するのも人間だもの。

太宰治「女生徒」

文章は下手な方がいい、粋《いき》ごのみがわざと着物を着くずして着るように。

レイモン・ラディゲ

芸術家が創造できるのは部分的にせよ、また短時間にせよ、かれが自身のなかにそのモデルをみいだすことのできるものにすぎない。

イプセン

そのあとで彼がまたこういった。「色が行ったり来たりしている。その色のなかに隠れている人たちがいる」僕はそれらの人たちを追いだしてやろうかと尋ねてみた。すると彼は答えて言った。「君にはその人たちを追いだせないよ。なぜって、君にはその色が見えないんだもの」

ジャン・コクトオ「Le Bal du Comte d'Orgel」序文

私は自分の天才のすべてを生活に注いだが、作品には自分の才能しか用いなかった。

オスカー・ワイルド

結婚のまへの夜、または、なつかしくてならぬ人と五年ぶりに逢ふ直前などに、思はぬ醜怪の吹出物に見舞はれたら、私ならば死ぬる。家出して、堕落してやる。自殺する。女は、一瞬間一瞬間の、せめて美しさのよろこびだけで生きてゐるのだもの。明日は、どうなつても、――。

太宰治「女生徒」

女が学者であることは長所ではない。しかも学者ぶることは非常な短所である。

フォンテーヌ

性格を持たないとき、人はたしかに方法を身につけなければならない。

アルベール・カミュ「手帖」

おいらは　いろんな河を知っている
この世さながらの昔からのいろんな河を
人の肉体に流れている血よりも古い河を知っている

ラングストン・ヒューズ「ニグロと河」

女性というものは愛されるためにあるのであって、理解されるためにあるのではない。

オスカー・ワイルド「語録」

われわれは人間の片面に多くかかわってきたがもう一方の面は未完成のまま残

っている。その結果が革命家たちのようにくさいものに蓋といった具合になるのだ……。

イリア・エレンブルグ「雪どけ」

蟹《かに》のうちには自分に食いついているその寄生虫を喰《く》って生きているやつもある、自分のやっていることにちっとも気づかずになァ。

アンドレ・マルロオ「王道」

教会のものは教会にかえし、党のものは党にかえすべしだ。……だがそういう自分はどこに身を置くことになるのだ？　中立地帯というものはないのだろうか。

リチャード・ライト「失楽の孤独」

あらゆるできごとは、もしそれが意味をもつとすれば、それは矛盾をふくんでいるからである。

ヘンリー・ミラー「北回帰線」

人間は、人間となるために——言葉を発明せねばならなかったのでは決してない。人間は、すでに人間であったがゆえに、言葉を贈物として与えられたのである。

ヴィルヘルム・フォン・フムボルト

近代的であるというのは、例えば日本とヨーロッパの現実は違うということを知ることなのである。そのために一命を失った日本の近代人もいる。

吉田健一「東西文学論」

人間はだれでも狂人だが、人の運命というものは、この狂人と宇宙とを結びつけようとする努力の生活でなかったら何の価値があろう？

アンドレ・マルロオ「希望」

現代の資本主義社会には生活はない。あるものはただ宿命だけだ。

ジャン・ポール・サルトル「アメリカ論」

心せよ亡霊を装ひて戯れなば、亡霊となるべし

カバラ戒律

望郷と友情

〔私のノート〕

私の人生の最初の書物は「走れ、メロス」である。シラーの叙事詩「走れ、メロス」ほど美しい書物がかつてあり得ただろうか？

私にとって望郷と友情とは、切りはなしがたい絆《きずな》のようなものを感じる。それはときとして恋の情熱よりもあつく、私の血をさわがせてくれたりするのである。

苦しみは変らないで、変るのは希望だけだと。

アンドレ・マルロオ「侮蔑《ぶべつ》の時代」

ああ、親愛なる父よ、さびしい顎鬚《あごひげ》よ
あらゆる時代の冷凍食品を味わう　勘定場を通りぬけ
——僕はホイットマンの本にさわり、スーパーマーケットの僕たちの
オデッセイを夢見、そしておかしさを感じる——
ああ、親愛なる父よ、あなたが川のほとりに立ち
都市の霧にかくれてゆく蒸気船を見送ったとき
そこにはどんなアメリカがあったのですか？

アレン・ギンズバーグ

ふるさとは遠きにありて思ふもの
そしてかなしくうたふもの
帰るところにあるまじや

室生犀星

上野駅から逃げたやつ
どこでどうしているのやら

新川二郎

わたしは、お前のいうことに反対だ。だが、お前がそれを言う権利を、わたしは、命にかけて守る。

ヴォルテール

あるときは髪の型を変え、あるときは服装を変え、絶望と孤独の逃亡生活がはじまる。昨日を、今日を、そして明日を生きるために。

リチャード・キンブル「逃亡者」

……旅の思い出というものは、情交の思い出とよく似ている。事前の欲望を辿《たど》ることはもうできない代りに、その欲望は微妙に変質してまた目前にあるので、思い出の行為があたかも遡《さかのぼ》りうるような錯覚を与える。

三島由紀夫「旅の墓碑銘」

「人生の中で起こることはすべてショウの中でも起こる」

「バンド・ワゴン」

忘却

〔私のノート〕

少年時代に、手まわしのラッパつき大型ポータブル蓄音器が大好きであった。私も、針の音が地獄からのすきま風のようにヒューヒューと吹きこむSP盤を一枚だけもっていて、その

忘れちゃいやよ　忘れないでね

という歌がいまでも、耳に残っている。

忘れないということは、一体何だったのであろうか？　それは未練か執着か、あるいは歴史主義の本質は、「忘れない」ために過去をいつでも現在化する認識の科学のことを指すのだろうか？

私には、忘れてしまったものが一杯ある。だが、私はそれらを「捨てて来た」のでは決してない。忘れることもまた、愛することだという気がするのである。

地上に存在する地獄を、黒人は美へと昇華させ、芸術的貢献であるジャズをもたらしたのである。

マックス・ローチ

視よ、蒼ざめた馬あり、これに乗る者の名を死といい、黄泉《よみ》これにしたがう……。

ヨハネ黙示録

悪魔というものが実際に存在せず、ただ人間が創ったものだとすれば悪魔は人間そっくりに創られているにちがいない。

ドストエフスキー「カラマーゾフの兄弟」

「重いな。これは何だ」
「夢のかたまりさ」

ジョン・ヒューストン「マルタの鷹」

「忘却とは忘れ去ることなり。
忘れ得ずして忘却を誓ふ心のかなしさよ」

菊田一夫「君の名は」

旅人よ、行きてラケダイモン（スパルタ）の人々に告げよ
われら命を守りてここにたおれたりと

テルモピレーに立つペルシア戦争記念碑

ある一定の歴史的状況においては、革命について千通りもの語り方があるかもしれない。しかし革命を行おうと決意したすべての人間のあいだには、必然的に一つの一致が存在するのだ。

レジス・ドブレ「革命の中の革命」

歴史意識とは——しまった、とんでもないことをしてしまった、どうしようという悶《もだ》えだ。

小林秀雄

いや実に人間の心は広い、あまり広過ぎるくらいだ。俺《おれ》は出来ることなら少し縮めてみたいよ。ええ畜生、何が何だか分りやしない、本当に！　理性の目で汚辱と見えるものが、感情の目には立派な美と見えるんだからなあ。一体悪業（ソドム）の中に美があるのかしらん？　ところでお前は信じないだろうが、大多数の人間にとっては、まったく悪業（ソドム）のなかに美が潜んでいるのだ。

ドストエフスキー「カラマーゾフの兄弟」

ロシアの歴史がロシアの制度を形成した。それが自然かつ合理的であったからだ。中国の歴史がまさに中国を形成しようとしている。それがわれわれにとって自然かつ合理的であるからだ。

毛沢東・中共七全大会での政治報告

亡霊一夜まざまざと枕頭《ちんとう》に立ちし翌る日、不肖は秘密の所在を発見したり。……ああ神か魔か、わが手まさに其れを開かんとして忽ち打ち払われたり——三年の退去命令。

北一輝「支那革命外史」

しばしば勇気の試練は死ぬことではなく、生きることだ。

アルフィエリ「オレスト」

僕の運命がどのやうな星めぐりに出遇ふとしても怖れないが、例へ神であつても、あの貧しい貧しい僕の友人たちに、おまへの宿命はそれだ！と告げることは許されない！　僕は誰よりもあのひとたちを愛するから。そう心から信じてゐる！

吉本隆明「初期ノート」

「セリフなんか要らないわ。私たちには顔があったのよ」

ビリー・ワイルダー「サンセット大通り」

真　実

〔私のノート〕

学生時代に先生が

「真実は最後の勝利者だと人は言う。だがそれは真実ではないのだよ」

と言ったことがある。

一体、私にとって、真実とは何だったのだろうか？　うそも真実、事実も真実、そしてまたほんとも虚偽、事実もでたらめといった時代にあって私が真実だと思うことのできる唯一のものは、誇りを賭けるに足る美しいものである。

美しくない真実は、ただの「事実」にすぎないだろう。

われは山賊、うぬが誇をかすめ盗らむ。

太宰治「晩年」

青い種子は太陽の中にある。

ジュリアン・ソレル

Jazz and Freedom go hand in hand.
（ジャズと自由は手をつないで行く）

セロニアス・モンク

英雄というのはね、電気冷蔵庫時代にはめだたない賞品なのよ。

フランソワ・トリュフォー「二十歳の恋」

よく病気をして長い日時を「方舟《はこぶね》」にこもって過ごすようになってから、ノアは何にもまさって世の中をよく観察できたに相違ないことがわかった。

マルセル・プルースト

真理は「時」の娘であり、権威の娘ではない。

フランシス・ベーコン

十で神童、十五で才子、二十過ぎれば、ただの人。

俚言

「えっ、文学的才能がないといわれるのか。若いのに思い上った人だね君は！」

リール・アダン「二人山師」

「一冊の本……一冊の本というものはユベェル君、卵のように閉ざされていて満ちていて滑かなものなんだ。その中へものを入れようたって、なにも入りはしないんだ。針一本だってだめだ、むりしないことにはね。ところがむりに入れたんでは形が破れてしまうんだ」「じゃ、君の卵は十分満ちているんだね？」ユベェルが応じた。「だが友よ」と僕が声を大きくして言った――「卵というものはものを入れて満ちるものではないんだ、満ちて生まれるんだ……」

アンドレ・ジイド「パリュード」

あんたこの世へ　何しに来たの
女ばっかり　追いかけず
天下国家に　目をむけて

なって頂戴　大物に……

畠山みどり「大物になってちょうだい」

――鳥は卵の中からぬけ出ようと戦う。卵は世界だ。生まれようと欲するものは一つの世界を破壊せねばならぬ。鳥は神に向ってとぶ。神の名はアプラクサスという。

ヘルマン・ヘッセ「デミアン」

ナタナエルよ、さあ、今度はいよいよ僕の本を捨て給え。そこから脱け出し給え。僕と別れ給え。

アンドレ・ジイド「地上の糧」

君を飛ばせる飛躍はだれでもが持っているわれわれ人類の大きな財産なのだ。

ピストリウス

そこで私は現実だと思っていたことが実は夢で、夢の方が実は現実なのだ——
といったような夢を見たのだ。

アントン・チェーホフ

青春の放棄。ぼくが存在や物事を放棄するのではない（ぼくにはそんなことはできないだろう）。存在や物事の方でぼくを放棄するのだ。ぼくの青春はぼくから逃れてゆく。病気というのはそのことだ。

アルベール・カミュ「手帖」

私たちの時代は、大難破にさらされている。

だが、もしもこの難破から社会全体を救う英雄があらわれるとするならば彼はきっとそれをするために個人主義を利用するだろう。

バルザック「田舎医者」

地上的な、苦痛な

〔私のノート〕

映画「絞死刑」を観ながら、死刑囚が最後に踏む地球が、処刑室の赤い絨毯《じゅうたん》だということに興味をいだいた。

一体、私が最後に踏む地球とは何であろうか？

それはベッドのシーツか、あるいはアフリカの兵士か？

何であるかはわからぬが、ただ故郷の土でないことだけはたしかなような気がする。そして「地上的なるもの」の対極をなすものが、たとえ天上であろうと死であろうと、その苦痛は地上のそれを超えるということはないであろう。

わが世代のもっともすぐれた人々は

狂気に破壊され
ヒステリカルに
裸で
飢えながら
明け方の黒人街の
怒りのマリファーナを求めて
さすらい歩く

アレン・ギンズバーグ

僕ら人間について、大地が万巻の書より多くを教える。理由は、大地が人間に抵抗するがためだ。

サン・テグジュペリ「人間の土地」

忘れられた人は誰か。清廉な静かな徳のある家庭的な人間だ。

ウィリアム・サムナー「忘れられた人」

草が萎《な》えるところでは生がない、つまり掟《おきて》もまたない。
死は掟を認めないからである。

ロープシン「蒼ざめた馬」

彼が自分自身になまける権利を与えるためには、その白紙の原稿紙の上に、蠅が一匹とまるだけで十分だった。そうすると彼は書くのをやめた——。
蠅の邪魔をしてはいけない、と思って。

ジュール・ルナアル「博物誌」

感傷とは、シニシズムの銀行定休日にすぎない。

人間は生きなければならないという責任を負っている。けれども私には責任が失われて、それを失わせてしまった行為の責任が問われる。そしてそこにおいて生と死を見なければならない。

オスカー・ワイルド「獄中記」

李珍宇「朴寿南への獄中書簡」

花も嵐も踏み越えて
行くが男の生きる道
泣いてくれるなほろほろ鳥よ

西条八十「旅の夜風」

逃げ口はたくさんあった。それにしても、なんと多くの、どこへもゆきつくことのない門だったことか!

ポール・ニザン「アデン・アラビア」

しばしばわれわれは、われわれのもっとも美しい行為をも恥ずかしく思うであろう、それを生み出したすべての動機をひとにみられたならば。

ラ・ロシュフコォ伯爵「道徳的反省」

おれが刑務所にぶちこまれたってたまげることはねえわな。おめえらだってずうっと刑務所に入ったきりじゃねえか。このアメリカってところがだいたい大きな刑務所なのだ。

「マルコムX・スピークス」

空気のように軽いものでも、嫉妬する者には聖書の本文ほどの、手がたい証拠となる。

ウィリアム・シェークスピア「オセロ」

青春は例外なく不潔である。人は自らの悲しみを純化するに時間をかけねばならない。

吉本隆明「初期ノート」

大地よ、お前の哀《かな》しい願いは、目に見えぬものとなって、私たちの心のうちによみがえることでないのか。

リルケ「ドゥイノの悲歌」

われわれはすべて自然を観賞することばかりが多く、自然とともに生きることがあまりに少ないように思われる。

オスカー・ワイルド「獄中記」

貞淑、それは虚栄である。それは形を変えた自尊心である。

アンドレ・ジイド「ワルテルの日記」

国破れて山河あり。
城春にして草木深し

杜甫「春望」

あまりに　時をへ
あまりに　遠くはるか

アフリカ　は。
記憶も　生きてはいない
歴史の　本が　つくりだす　もののほか、――
歌が　血のなかに　脈うちかえす　もののほか、――

ラングストン・ヒューズ「アフロ・アメリカン・フラグメント」

「一人を殺せば犯罪者だが、百万人を殺せば英雄だ」。

「チャップリンの殺人狂時代」

善と悪

〔私のノート〕

ニューヨークの町角で通りすがりのアメリカ人をつかまえては片っぱしから「日本人は悲劇的か、喜劇的か？」と質問したことがある。

すると決まって返ってくるのは「喜劇的」という答であった。喜劇的という言葉には、かつて、何となく善なる感じがあった。

そしてドン・キホーテもまた善人であった。

だがいまの時代では、まさに善なるものは、かなしい。

滑稽なものほど涙をさそうのは、なぜであろうかと考えながら、私は今、飛行機で海の上をとんでいる。

（地中海にて）

余の髭《ひげ》に気をつけてくれ。首きり役。余は首をきられることにはなっておるが髭を切られることにはなっておらんで。

一五三五年、トマス・モア卿

もしも心がすべてなら
いとしいお金はなにになる

フランク・シナトラ「唄」

人間は好んで自分の病気を話題にする。彼の生活の中で一ばん面白くないことなのに。

アントン・チェーホフ「手帖」

勤勉な馬鹿ほどはた迷惑なものはない。

ホルスト・ガイヤー「人生論」

精神を凌駕《りょうが》することのできるのは習慣という怪物だけなのだ。

三島由紀夫「美徳のよろめき」

僕は現実の場合におけるよりも、もっと真実に適合するように事実を調合しているんですが……。

アンドレ・ジイド「パリュード」

善人は犬の前でも恥かしさを感じることがある。

アントン・チェーホフ「手帖」

結局、地獄はなくなったのではなかろうか。現代の地獄は、地獄が存在しないことではあるまいか。現代の怖ろしい特質はここにあるのではなかろうか。さもなければあれほど人々が地獄を呼び求め、ありもせぬ地獄を翹望《ぎょうぼう》する気持が次郎にはわからない。

三島由紀夫「火山の休暇」

安楽なくらしをしているときは、絶望の詩を作り、ひしがれたくらしをしてるときは生のよろこびを書きつづる。

太宰治「晩年」

ひょっとしたらこの宇宙は、何かの怪物の歯の中にあるのかも知れぬ。

アントン・チェーホフ「手帖」

革命

〔私のノート〕

ある夏まで、私を熱中させたこれらの言葉。

古い大学ノートに書きなぐられたこれらの「名言」は、どんなに私の頰を燃やしたことだろう。私はナイフで林檎《りんご》の木にじぶんの名を彫りこむように、私たちの同時代の会話のなかに、これらの言葉を彫りこもうとこころみたものだ。レオン・トロツキーの「わが生涯」は、どんな詩集よりも重い言葉を満載していたのだが、

——ものみな、思い出にかわる。

いや、あるいは……

ほかのひとの心臓は胸にあるだろうが、

おれの体じゃ
どこもかしこも心臓ばかり
いたるところで汽笛を鳴らす

ウラジミール・マヤコフスキー「長靴をはいた雲」

犯罪者は国家の競争相手であり、国家の暴力独占権をおびやかす存在である。この役割も古い。往時の盗賊や山賊は、この役割をもっと純粋に演じていたのだから。

エンツェンスベルガー「政治と犯罪」

政治を軽蔑するものは、軽蔑すべき政治しか持つことが出来ない。

トーマス・マン「魔の山」

キューバの勝利は、叙事詩の勝利だった。

エルネスト・チェ・ゲバラ「遊撃戦論」

人生は何物にも値しない。——だが人生に値する何物も存しない。

アンドレ・マルロオ「征服者」

そして時到らば死ぬがいい
死をことあげしたところで何になる

ケストラー「スペインの遺書」

夜、夢を見る者は、夜明けに目を覚ますと一切《すべて》が空しいということに気がつく。ところが、白昼夢を追う者は危険な人間である。何故なら彼らは、目を開けたまま自分の夢を演じ、これを実現することがあるから。

アンドレ・マルロオ「書簡集」

一刀両断帝王頭　落日光寒巴里城

明治四一年赤旗事件の際の牢屋の落書、フランス革命をよんだもの

科学的にとりあつかわれたものが自然であるに反して、作詩されたものこそ歴史である。

オスワルト・シュペングラー「西欧の没落」

個人的特徴の影響がどれほど疑いないものであるにせよその影響が一定の社会的諸条件のもとでのみ起り得たということはそれに劣らず疑いないところである。(略)女性に対して弱みをもっていたのが王ではなくてたとえば王の料理番か馬丁であったらそれはいかなる歴史的意義も持たなかったであろう。ここで重要なの

は弱みそのものではなく、その弱みをもっている人物の社会的地位であることは明らかである。

プレハーノフ「歴史における個人の役割」

ピーサレフは実用的価値のために審美的価値の失格を叫んでいる。「ぼくはロシアのラファエルたらんとするよりはロシアの靴屋になりたい」

アルベール・カミュ「反抗的人間」

ニーチェの時代には悲劇的なものを求めることが英雄的であったのに対し、すでに悲劇的なものが予《あらかじ》め与えられている現代では幸福を求める行為以外にニーチェの説いた感情の高い密度を保証するものはない。

P・ボッシュ「われら不条理の子」

奴隷ははじめは正義をもとめているが最後には王国を要求する。

アルベール・カミュ「反抗的人間」

人間が祖国に結ばれることが少なければ少ないほど、いっそう人間的になるということは、疑う余地のない真実とみなされてきた。これは決して卑俗な考え方でも、誤謬《ごびゅう》でもなかった。それは、その時代の希望の形式だった。

ボアデフル「アンドレ・マルロオ」

たとえ一人の暴君でものこる間は、やわらかいやさしいフリュートとなるな、ラッパとなれ、太鼓となれ……

ハイネ「詩集」

「仁義なんてものは悪党仲間の安全保障条約さ」

黒澤明「酔いどれ天使」

われわれは純粋性と暴力との間の選択をするのではなく種類の異った暴力の間で選択するのである……。重要な討議しなければならない問題は暴力ではなくてその方向と前途である。

メルロオ・ポンティ「現代」

人間は自分の歴史をつくる。自分に与えられ、約束されてきた情勢のもとでつくるのである。

カール・マルクス

いや、われわれの科学は幻想ではない。むしろ幻想とは、科学があたえることのできないものが、どこかほかのところで手にはいるかのように、信じこむことをいうのであろう。

ジークムント・フロイト

鉄砲丸が遠くまでとぶのは方向が限られているからさ。

ディアギレフ

ある状況についての幻想を捨てたいというねがいは、幻想を必要とする状況を捨てたいというねがいである。

カール・マルクス

なぜ、人間は血のつまったただの袋ではないのだろうか？

フランツ・カフカ

もし世界の終りが明日だとしても私は今日林檎の種子《たね》をまくだろう。

ゲオルグ・ゲオルギウ

5 無名言

やくざのスラング／さみしいときの口の運動

やくざのスラング

〔私のノート〕

私は、外国語の単語の暗記がまるでだめだったが、どういうものか「陰語」の暗記の方はきわめて早かった。市民権を与えられないスラング、やくざたちの陰語は、言葉のアウトローである。これらの「名言」ならぬ「無名言」の素を、私は愛した。

今から思えば私は、やくざになりたかったのである。

だが、やくざになってしまってこうした陰語を使うのでは、あまりにもまともすぎて面白味がない。それではただ日常語を使っているだけにすぎないだろう。

むしろ、カタギのままで口にするとき、こうした陰語のふしぎな呪文性が、クラーク教授の「少年よ、大志を抱け」を上まわる、はげましの言葉に変ったりするのではないだろうか？

百科辞典風に

時計　ケイチャン
短銃　ハジキ
春画　ミツ
大言　ラッパ
危い　ヤバイ
主　ロク
馬鹿者　ラリ、ペテポウ、アッタモン
泥酔　キスグレ
下女　シャリマ
女郎　ビリ
喧嘩　ゴロ
囁《ささや》く　ナシヲウツ
うどん・そば　ナガジャリ

恋す　ラル
悪事　ワリゴト
同衾　ヤチバ
巡査　クリ又はヒネ
入牢　ムシニカマル
質屋　グニヤ
捨つ　チャリフル
男根　ヨシコ
貧乏　ヒンクヤ
禿　カリス
巻煙草　モヤ
酒　キス
入質　グニモム
洋服　ヨオラン
富豪　ヒンガマリ
女陰　ヤチ

さみしいときの口の運動

いしかねぬゐに　くちみほそ
のせもたむるは　をゑれよら
とますわこきや　あんろえめ
おてなひけゆふ　さえつへり

ここに、「私のノート」のかわりに、「大山デブコの犯罪」という私の戯曲のなかで、大山デブコの娘が「さみしいときの口の運動」をする件りの一節を描いておくことにしよう。

「母と私は
さみしいとき、
「口の運動」をしてあそびました。
いろはにほへと、を鋏《はさみ》で切りきざんで
順序を勝手にならべかえてよむのです
いしかねぬゐに　くちみほそ
のせもたむるは　をゑらよら
あたしたちは、これを何べんも口ずさみました
それは……詩になりました
どんな名台詞《せりふ》よりもしみじみと心に沁みました
口ずさんでいるだけで　何だか
ゆかいになってきました
つらいことなんかありませんでした
いしかねぬゐに　くちみほそ

のせもたむるは　をゑれよら
それが大山デブコの一生でした」

6 時速一〇〇キロでしゃべりまくろう

私自身の詩と小説の中のことば

〔私のノート〕

最後は私自身の言葉である。

他人の言葉ばかり扱っていると、自分でものを言いたいという衝動が、抑えきれなくなる。

ここには、ただ片っぱしから思い出したフレーズを描いたが、言いたいことは暗黒星雲アンドロメダほどもある。そしてまた、言いたいと思って口に出した言葉が音になったとたんに、易く私を裏切ってしまうような気さえするのである。だから残念ながら、私には「名言」はない。

私は、ただ時速一〇〇キロでしゃべりまくるだけである。「自動車の修理が終っても、熱力学の原理にかないましたか？　ニュートンの法則にあいましたか？　技術的伝統の退化的傾向に代表されるものではありませんか？　とは言わず、ただ大丈夫ですか？　ときくだけである」と、ハヤカワは書いているが、この「大丈夫ですか？」という言いまわしで、世界の内包するものへ語りおよぶことができたときに、私の言葉が「名言」をこえて、感化的通達力をもつことが出来るようになるのではないだろうか？

一本の樹のなかにも流れている血がある
樹のなかでは
血は立ったまま眠っている

——「詩集」

なみだは人間の作るいちばん小さな海です

——「人魚姫」

人類が最後にかかる、一番重い病気は「希望」という病気である。

——「あゝ、荒野」

空にかくれようとして飛んでも、鳥は空にみずからを消すことは出来ないのさ。

——「あゝ、荒野」

マッチ擦《す》るつかのま海に霧ふかし身捨つるほどの祖国はありや

——「歌集」

賭博には、人生では決して味わえぬ敗北の味がある。

——「遊撃とその誇り」

「すべてのインテリは、東芝扇風機のプロペラのようだ。まわっているけど、前進しない」

——「あゝ、荒野」

歴史は嘘《うそ》、去ってゆくものはみんな嘘、そして
あした来る、鬼だけがほんと！

――「毛皮のマリー」

ふるさとの訛《なま》りなくせし友といてモカ珈琲《コーヒー》はかくまでにがし

――「歌集」

オーダーメードの洋服が商品として通用する時代だもの。オーダーメードの思想が通用していけない訳はない。

――「あゝ、荒野」

今日では、標準語は政治経済を語ることばになってしまった。――人生を語るのには、もう方言しか残っていない。

――「誰か故郷を想はざる」

煙草くさき国語教師が言うときに明日という語は最もかなし

――「歌集」

物語はすべて、死で終る。

だが海だけは終ることがないだろう。

終りなき蒼茫!

海死なず、

――「断片」

レースはただ、馬の群走にすぎないがその勝敗を決めるナンバーは、思想に匹敵する。

競走馬のゼッケンナンバーは一種の死である。

――「東京零年」

明日何が起こるかわかってしまったら、明日まで生きるたのしみがなくなってしまうことだろう。

――「あゝ、荒野」

性的時代にさしかかると男たちは、ピンポンのタマを捨てて野球へ、野球のボールを捨ててサッカーへと、タマの大きな方へ移ってゆく。
ところで、この世で一ばん大きなタマは
……？
地球である。

――「書を捨てよ、町へ出よう」

私のなかでLa mer――女性名詞の海が亡ぶとき、
私ははじめて　人を愛することを
知ることだろう

――「海について」

「運のわるい奴も、嫌《きら》いなんだ。大体、運のわるい女ってのにきれいなのはいないからな。目の下に隈《くま》があったり、髪がざんばらだったり子供を背負ったりしてよ。……運のわるい女ってのはみんな腋《わき》の下がへんな匂いをしているよ」

——「あゝ、荒野」

草の笛吹くを切なく聞きており告白以前の愛とは何ぞ

——「歌集」

どこでもいいから遠くへ行きたい。
遠くへ行けるのは、天才だけだ。

——「煙草」

一個のゴムのボールがAからBに投げられる。夕暮の倉庫の、ある路上での自転車修理工と、タクシーの老運転手がキャッチボールする場合を考えてみよう。修理工がボールを投げると老運転手が胸の高さで受けとめる。ボールが互いのグローブの中で、バシッと音を立てるたびに、二人は確実な何かを（相手に）渡してやった気分になる。
だが、どんなに素晴らしい会話でも、これほど凝縮したかたい手ごたえを味わうことは出来なかったであろう。ボールが老運転手をはなれてから、修理工のグローブにとどくまでの「一瞬の長い旅路」こそ地理主義の理想である。手をはなれたボールが夕焼の空に弧《こ》をえがき、二人の不安な視線のなかをとんでゆくのを見るのは、実に人間的な伝達の比喩《ひゆ》である。終戦後、私たちがお互いの信頼を恢復したのは、どんな歴史書でも、政治家の配慮でもなくて、まさにこのキャッチボールのおかげだったのではないだろうか？
私はキャッチボールのブームと性の解放とが焦土の日本人に地理的救済のメソードをあたえることになったのだと思っている。「地理主義」とは、市町村の分布図の問題ではなくて、いかにしてそれを渉るかという思想の問題だったのである。

――「戦後詩――ユリシーズの不在」

北へはしる鉄路に立てば胸いずるトロイカもすぐわれを捨てゆく

——「歌集」

血がつめたい鉄道ならば
はしり抜けてゆく汽車はいつかは心臓を通ることだろう
同じ時代の誰かれが
地を穿《うが》つさびしいひびきをあとにして
私はクリフォード・ブラウンの旅行案内の最後のページをめくる男だ
そうだA列車で行こう
それがだめだったら走ってゆこうよ

——「ロング・グッドバイ」

一粒の向日葵の種子まきしのみに荒野をわれの処女地と呼びき（荒野について）

——「歌集」

私は私自身の記録である。

——「遊撃とその誇り」

世界はほんとは二つある。

だが、俺は片目だから、その片方だけしか見えない方のお月さまはどんな形をしているんだろう、と思ったね。

ところが、おとといい医者を紹介して貰って眼の手術をし、こっちの眼が癒《なお》ってしまったんだ。俺は、おそる、おそる、眼帯をとってみた。そうしたら、どうだろう……世界はやっぱり、一つしかないじゃあないか！　世界は一つ、眼は二つ！

——「新宿版千一夜物語」

「きみは飛びたいと思うか？」

とある日、アメリカから亡命してきた演劇青年が私に聞いたことがある。

「もちろん」

と私は答えた。

「では、きみは鳥に変身したいと思うだろうね」

と彼は言った。ノオーと私は答えた。

「私は、鳥になんかなりたくない。私は私自身のままで飛びたいのです」

オウ！　とアメリカ人は肩をすくめた。「きみは飛行機の話をしていたのか。私は哲学の話をしていたのに！」

――だが、私は飛行機の話をしていたのではなかった。「背広を着たまま飛びたい」と言うのは、私自身の哲学だったのである。


――「遊撃とその誇り」

胸病めばわが谷緑ふかからんスケッチブック閉じて眠れど

——「歌集」

だが、ターザンみたいな体が今どき何の役に立つというんだね……
もりあがる筋肉、夏の光にかがやくオリーブの肌《はだ》、
一〇〇貫の石を持ちあげる怪力は
労働者になるか、
それとも自衛隊に入るか、
こうやってサーカスの見世物になるかしかない時代なのだよ

——「大山デブコの犯罪」

詩人はなぜ肉声で語らないのだろうか？　がみがみ声やふとい声、ときにはささやきや甲高い声で「自分の詩」を読みあげないのはなぜだろうか？　かつての吟遊詩人たちは、みな啞者になってしまったのだろうか？私はG・ビ

ルケンフェルトの「黒い魔術」という本の中で、グーテンベルクがいかに苦労して印刷機械を発明したかということを知った。だがその苦労は、実は「詩人に猿ぐつわをはめる」ためのものだったのである。印刷活字の発明以来、詩人たちはことばでなくて、文字で詩を書くようになっていた。そこには、詩人と受けとり手のあいだの「対話」などはなくて、ただ詩人自身の長い長いモノローグがあるばかりであった。私はそれにあきたらなかった。

――「男の詩集」

そら豆の殻一せいに鳴る夕母につながるわれのソネット

――「歌集」

われわれにとって飛行機は道具にすぎないが、飛ぶことは思想なのである。社会の桎梏《しっこく》によって、または家庭の幸福によって、お互いの日常を見張りあい、すっかりプライバシーの失われた男たちに、「プライバシーが駄目なら、フライバシーはどうだね？」と誘いかけるのは粋な計らいというものだ。

――「遊撃とその誇り」

あたしの孤独を持上げようとするのは小学校でならったライト兄弟の飛行機！あたしの右の翼はあたしの苦しみです。あたしの左の翼は革命です。あたしが飛ぼうとすると、このさむい空の上から心臓までまっすぐにオモリを垂らそうとするのは誰ですか？

あたしは、いつかは飛ぶのです。ここより高い場所がきっとある。

――「新宿版千一夜物語」

鳥はつねに一つの言葉をとんでいる。
だがわれわれがそれを読みとるのはいつもあとになってからだ。
空にさむい航跡をたどることは「記録」とはいわない。
私にとって記録芸術は、鳥自身になることでしかないのだから。

——「遊撃とその誇り」

♎

神を殺して、仏を売って、何の南があるものか。地獄。煉獄。水しぶき。歴史を書くのは右の手で、舵をとるのは左手だ！

——「疫病流行記」

♏

あたしはあなたの病気です

——「疫病流行記」

改訂新版のためのあとがき

一九六八年に「青春の名言」（大和書房）を出してから、十年近い歳月が流れた。そのあいだに、私と「名言」とのつきあいにも、変転があった。

最初から、「ことばを友人に持とう」というサブタイトルを付されたこの本の中の「名言」たちは、他の友人たちと同じように疎遠になっていったものもあれば、急激に親しくなったのもあったのである。死んだことば、生まれたことば、すべてのことばたちは、私の十年と共にあった。ある詩人は、

「ことばなんか、覚えるんじゃなかった」

と書いたが、この「ことば」の三文字は、「女」「酒」「賭博《とばく》」と入れかえてみれば、ごくありふれた慣用句になってしまうだろう。だが、それにもかかわらず「ことば」であるということは、きわめて重要なことなのである。

本文庫をまとめるにあたって、私は「古い住所録でも書き直すように」、旧版の中から

いくつかの「名言」を消して、その数の分だけ、他のことばを加えた。それがそのまま、読者にとって名言になるかどうかは、私にもわからない。しかし、アランの「幸福論」の中から、七つも八つもの「名言」をえらび出していた十年前の私は、どこかまちがった靴をはいていたとしか思えない。そこで私は、いくつかの「入れ替え」を行なったわけだが、だからといって万全を期すことができたという訳ではないのである。大体、十年の空白がみじかすぎたのか長すぎたのかさえ、私にはよくわからないのだ。

ゴッダムの賢い男が三人
お鍋《なべ》に乗って海へ出た
お鍋がもう少し頑丈《がんじょう》だったら
このお話も
もう少し長くできたのにな

というマザーグースの童謡は、「鍋が沈むまで」(すなわち生きている限りは)ことばの交換が行なわれることを物語っている。私もまた(ゴッダムの賢人ではないが)、こうやって本を出しつづけられるあいだは、ことばの交友録を書きかえつづけることになるだろう。

ところで、ことばと名言とをまぎらわしく用いてきたので、このへんで、私にとっての「名言」が何であるかを、一応、あきらかにしておくことにしよう。もし、名言を定義づけるとすれば、それは、

一、呪文《じゅもん》呪語の類

二、複製されたことば、すなわち引用可能な他人の経験

三、行為の句読点として用いられるもの

四、無意識世界への配達人

五、価値および理性の相対化を保証する証文

六、スケープゴートとしての言語

とでも言ったことになるだろうか？

思想家の軌跡などを一切無視して、一句だけとり出して、ガムでも噛《か》むように「名言」を噛みしめる。その反復の中で、意味は無化され、理性支配の社会と死との呪縛から解放されるような一時的な陶酔を味わう。

ピンク・レディーの唄でも口ずさむようにカール・マルクスの一句を口にし、明日はあっさりとそれを裏切っている。こうした軽薄なことばとの関わりあいを、ミシェル・フーコーの〈混在的なもの〉エテロクリットなどと同義に論じようなどといった大げさな野心はない。ただ、私は、じぶんの交友録を公開するように、この「名言」集を公開し、十年たったので、多少の入れかえを行った、というにすぎない。そして、「名言」などは、所詮、シャツでも着るように軽く着こなしては脱ぎ捨ててゆく、といった態のものだということを知るべきだろう。

「名言」は、だれかの書いた台詞《せりふ》であるが、すぐれた俳優は自分のことばを探し出すための出会いが、ドラマツルギーというものだということを知っているのである。

一九七七年七月

著者

本書中には、今日の人権擁護の見地に照らして、不当・不適切と思われる語句や表現がありますが、時代的背景と作品価値を考え合わせてそのままとしました。

ポケットに名言《めいげん》を

寺山修司《てらやましゅうじ》

昭和52年 8月20日　初版発行
平成17年 1月25日　改版初版発行
令和7年 5月5日　改版36版発行

発行者●山下直久

発行●株式会社KADOKAWA
〒102-8177　東京都千代田区富士見2-13-3
電話　0570-002-301（ナビダイヤル）

角川文庫 13647

印刷所●株式会社暁印刷
製本所●本間製本株式会社

表紙画●和田三造

●お問い合わせ
https://www.kadokawa.co.jp/（「お問い合わせ」へお進みください）
※内容によっては、お答えできない場合があります。
※サポートは日本国内のみとさせていただきます。
※Japanese text only

ISBN 978-4-04-131524-8　C0195

◇◇◇

角川文庫発刊に際して

角川源義

第二次世界大戦の敗北は、軍事力の敗北であった以上に、私たちの若い文化力の敗退であった。私たちの文化が戦争に対して如何に無力であり、単なるあだ花に過ぎなかったかを、私たちは身を以て体験し痛感した。西洋近代文化の摂取にとって、明治以後八十年の歳月は決して短かすぎたとは言えない。にもかかわらず、近代文化の伝統を確立し、自由な批判と柔軟な良識に富む文化層として自らを形成することに私たちは失敗して来た。そしてこれは、各層への文化の普及滲透を任務とする出版人の責任でもあった。

一九四五年以来、私たちは再び振出しに戻り、第一歩から踏み出すことを余儀なくされた。これは大きな不幸ではあるが、反面、これまでの混沌・未熟・歪曲の中にあった我が国の文化に秩序と確たる基礎を齎らすためには絶好の機会でもある。角川書店は、このような祖国の文化的危機にあたり、微力をも顧みず再建の礎石たるべき抱負と決意とをもって出発したが、ここに創立以来の念願を果すべく角川文庫を発刊する。これまで刊行されたあらゆる全集叢書文庫類の長所と短所とを検討し、古今東西の不朽の典籍を、良心的編集のもとに、廉価に、そして書架にふさわしい美本として、多くのひとびとに提供しようとする。しかし私たちは徒らに百科全書的な知識のジレッタントを作ることを目的とせず、あくまで祖国の文化に秩序と再建への道を示し、この文庫を角川書店の栄ある事業として、今後永久に継続発展せしめ、学芸と教養との殿堂として大成せんことを期したい。多くの読書子の愛情ある忠言と支持とによって、この希望と抱負とを完遂せしめられんことを願う。

一九四九年五月三日

角川文庫ベストセラー

家出のすすめ　寺山修司

愛情過多の父母、精神的に乳離れできない子どもにとって、本当に必要なことは何か？「家出のすすめ」「悪徳のすすめ」「反俗のすすめ」「自立のすすめ」と四章にわたり現代の矛盾を鋭く告発する寺山流青春論。

書を捨てよ、町へ出よう　寺山修司

平均化された生活なんてくそ食らえ。本も捨て、町に飛び出そう。家出の方法、サッカー、ハイティーン詩集、競馬、ヤクザになる方法……、天才アジテーター・寺山修司の１００％クールな挑発の書。

不思議図書館　寺山修司

けた外れの好奇心と独特の読書哲学をもった「不思議図書館」館長の寺山修司が、古本屋の片隅や古本市で見つけた不思議な本の数々。少女雑誌から吸血鬼の文献資料まで、奇書・珍書のコレクションを大公開！

幸福論　寺山修司

裏町に住む、虐げられし人々に幸福を語る資格はないのか？　古今東西の幸福論に鋭いメスを入れ、イマジネーションを駆使して考察。既成の退屈な幸福論をくつがえす、ユニークで新しい寺山的幸福論。

誰か故郷を想はざる　寺山修司

酒飲みの警察官と私生児の母との間に生まれて以来、家を出て、新宿の酒場を学校として過ごした青春時代を、虚実織り交ぜながら表現力豊かに描いた寺山修司のユニークな「自叙伝」。

角川文庫ベストセラー

さかさま世界史
英雄伝
寺山修司

コロンブス、ベートーベン、シェークスピア、毛沢東、聖徳太子……強烈な風刺と卓抜なユーモアで偉人たちの本質を喝破し、たちまちのうちに滑稽なピエロにしてしまう痛快英雄伝。

寺山修司青春歌集
寺山修司

青春とは何だろう。恋人、故郷、太陽、桃、蝶、そして祖国、刑務所。18歳でデビューした寺山修司が、情感に溢れたみずみずしい言葉で歌った作品群。歌に託して戦後世代の新しい青春像を切り拓いた傑作歌集。

寺山修司少女詩集
寺山修司

忘れられた女がひとり、港町の赤い下宿屋に住んでいました。彼女のすることは、毎日、夕方になると海の近くまで行って、海の音を録音してくることでした……少女の心の愛のイメージを描くオリジナル詩集。

さかさま恋愛講座
青女論
寺山修司

「少年」に対して、「少女」があるように、「青年」に対して「青女」という言葉があっていい。「結婚させられる」ことから自由になることがまず「青女」の条件。自由な女として生きるためのモラルを提唱。

戯曲 毛皮のマリー・血は立ったまま眠っている
寺山修司

美しい男娼マリーと美少年・欣也とのゆがんだ親子愛を描いた「毛皮のマリー」。1960年安保闘争を描く処女戯曲「血は立ったまま眠っている」など5作を収録。寺山演劇の萌芽が垣間見える初期の傑作戯曲集。

角川文庫ベストセラー

あゝ、荒野　寺山修司

60年代の新宿。家出してボクサーになった〝バリカン〟こと二木建二と、ライバル新宿新次との青春を軸に、セックス好きの曽根芳子ら多彩な人物で繰り広げられる、ネオンの荒野の人間模様。寺山唯一の長編小説。

回想・寺山修司　百年たったら帰っておいで　九條今日子

寺山との出会い、天井棧敷誕生の裏話、病に倒れた寺山との最後の会話、彼の遺志を守り通した時間……公私ともにパートナーであった著者だから語れる、素顔の寺山修司とは。愛あふれる回想記。

寺山修司とポスター貼りと。　僕のありえない人生　笹目浩之

寺山修司追悼公演のポスター貼りを機に、その「ポスター貼り」を生業にすると決意。そこから人生が激変する――。演劇そして寺山修司を愛する人々の姿とともに自らのありえない人生を綴る波瀾万丈エッセイ。

走れメロス　太宰治

妹の婚礼を終えると、メロスはシラクスめざして走りに走った。約束の日没までに暴虐の王の下に戻らねば、身代わりの親友が殺される。メロスよ走れ！　命を賭けた友情の美を描く表題作など10篇を収録。

人間失格　太宰治

無頼の生活に明け暮れた太宰自身の苦悩を描く内的自叙伝であり、太宰文学の代表作である「人間失格」と、家族の幸福を願いながら、自らの手で崩壊させる苦悩を描き、命日の由来にもなった「桜桃」を収録。

角川文庫ベストセラー

坊っちゃん
夏目漱石

単純明快な江戸っ子の「おれ」（坊っちゃん）は、物理学校を卒業後、四国の中学校教師として赴任する。一本気な性格から様々な事件を起こし、また巻き込まれるが。欺瞞に満ちた社会への清新な反骨精神を描く。

こころ
夏目漱石

遺書には、先生の過去が綴られていた。のちに妻とする下宿先のお嬢さんをめぐる、親友Kとの秘密だった。死に至る過程と、エゴイズム、世代意識を扱った、後期三部作の終曲にして、漱石文学の絶頂をなす作品。

注文の多い料理店
宮沢賢治

二人の紳士が訪れた山奥の料理店「山猫軒」。扉を開けると、「当軒は注文の多い料理店です」の注意書きが。岩手県花巻の畑や森、その神秘のなかで育まれた九つの物語からなる童話集を、当時の挿絵付きで。

銀河鉄道の夜
宮沢賢治

漁に出たまま不在がちの父と病がちな母を持つジョバンニは、暮らしを支えるため、学校が終わると働きに出ていた。そんな彼にカムパネルラだけが優しかった。ある夜二人は、銀河鉄道に乗り幻想の旅に出た——。

私のこだわり人物伝 美輪明宏が語る寺山修司
寺山修司
美輪明宏

劇作家として、映像作家として、詩人として、激動の昭和を舞台に新たな世界を切り拓いた寺山修司。彼の作品に数多く主演し、公私共に親交の厚かった美輪明宏だから知りえた寺山像がここに明かされる。